서문순 산문집

토란잎

서문순 산문집

토란잎

머리말

산골 마을에서 농부로 살고 있던 나는 초등 동창을 만나고 인생이 바뀌었다.

"친구가 학교 다닐 때 글짓기를 참 잘했었는데."

그 한마디가 시발점이 되어 글쓰기를 시작하였다.

일만여의 시간 동안 비틀거리고 넘어지고를 반복하면서도, 내가 쓴 책 한 권 선물하겠다는 친구와의 약속을 지키고 싶어 여기까지 왔다.

삶의 풍파 속에 흔들리면서도 글쓰기는 나를 버티게 해주는 지지대 역할을 해주었다. 송담처럼 나를 에워싸는 상념들을 글을 쓰면서 위로 받고 털어내었다.

오랫동안 내 안에 잠자고 있던 줄거리를 용기 내어 꺼내어 본다. 때론 어둠이 때론 햇살이 그 안에 머물러 있다.

2023년 여름날 서문순

머리말

1부

그해 겨울 • 10

사고뭉치 초보 농부 • 14

벽 뚫는 여자 • 18

나무 • 23

대박이 • 27

날궂이 • 34

단체 손님 • 37

몽실이 • 42

새로 꾸민 집 • 47

고추 모 이식하는 날 • 52

시인 등단 • 56

빗속에 서 있는 그녀 • 59

남편의 무거운 입 • 64

불발 • 67

요양병원의 점심시간 • 73

망둥이가 뛰니 폴짝! 꼴뚜기가 더 높이 뛰었다 • 79

자극 • 82

차
례

2부

그리움의 바람 •86

깨어진 신뢰 •89

나를 기쁘게 하는 것들 •92

나를 슬프게 하는 것들 •95

낡은 책가방 •99

너무 일찍 배워가는 그리움 •102

도심 속 공주 황새바위성지 •106

등불 같은 메시지들 •109

따뜻한 순대국밥 한 그릇 •112

마루에 앉아 가을을 썰며 •115

머윗대의 변신 •118

밤나무의 반란, 기계톱 먹은 나무 •122

변기통의 오리발 •125

봉갑리 카페 •129

새벽을 자르는 뒷집아저씨 •132

서울 병원 가는 날 •138

술포대 남자 •140

3부

씀바귀꽃 •146

아들의 직업 •149

아리송한 고추 가격 •153

아버지 •157

어떤 고부 사이 •162

옥구공원에 있는 모자상 •167

임산물 생산업 열람일지를 쓰면서 •171

접었던 꿈을 다시 펴며 •174

한 송이 꽃을 피우기 위하여 •177

행복은 감동이다 •180

현재를 지우는 지우개 •185

사라지는 축산 소농가 •189

가랏남자들, 전어 굽는 날 •194

토란잎과 모란잎의 차이 •201

안족(雁足) •205

날개 달린 사람들 •209

1부

🍂 그해 겨울

고향 임실에는 겨울이 되면 눈이 참 많이도 내렸다. 가난해도 좋았던 유년 시절. 타임머신이 이 세상에 존재한다면, 그리고 어디로 가고 싶냐고 질문을 한다면 나는 서슴없이 말하리라. 엄마가 살아계시던 그때로 데려가 달라고.

서울에는 며칠 전부터 쉴 새 없이 눈이 내리고 있었다. 그러고 보니 구정이 8일 남았다. 구정을 보내고 나면 나는 열여덟 살이 된다.

엄마가 어제부터 치통으로 괴로워하셨는데, 오늘은 치과를 다녀와야겠다고 하셨다. 엄마는 부은 턱을 한 손으로 감쌌다. 그리고 늘 그랬듯이 딸의 무거운 책가방을 들고 먼저 상왕십리 전철역으로 출발하셨다. 나는 엄마의 뒷모습을 보며 뒤따라갔다. 전철 타는 곳에 이르자, 엄마는 내게 책가방을 건네주시곤 잘 다녀오라며 손을 흔들었다.

나는 3남 1녀 중 고명딸이다. 엄마는 딸에 대한 사랑이 유난히도 남달랐다. 엄마는 아들이면 그렇게 안 하는데 딸이라 책가방을 전철까지 들어다 준다고 말씀하셨다. 학교를 마치고 알바도 마치고 밤 10시가 되어서야 집으로 왔다. 엄마는 여전히 치통에 시달리고 계셨다. 치과에 갔었는데 당뇨가 있어서 치아를 빼주지 않는다고 하더란다.

다음날이 되어도 치통을 견딜 수 없었던 엄마는 치아를 본인이 억지로 뺐고, 피곤하다며 자리에 누웠다. 그런데 엄마가 저녁 할 때가 되어도 일어나지 않았다. 하루를 보냈는데도 여전히 비몽사몽이었다. 큰오빠도 작은오빠도 그런 엄마를 걱정했다. 엄마 소식을 듣고 잠실 사는 막내 이모가 다니러 와서 몸이 허약해서 그렇다며 영양제를 놔주고 가셨다.

엄마는 점점 의식을 잃으면서도 링거주사 바늘을 빼려 안간힘을 썼다. 나는 그런 엄마가 아이처럼 투정부리는 거 같아 화를 냈다. 그러면 안 되는 거였다. 그것이 이승에서의 마지막 대화였기 때문이다. 그날 밤 엄마는 연방 헛소리를 하시더니 점점 의식을 잃어갔다. 큰오빠가 막 울면서 119에 도움을 요청하였다.

그러나 폭설이 내리는 상황이었다. 위험을 무릅쓰고 오겠다는 곳은 서울에서 한 군데도 없었다. 큰오빠는 발을 동동 구르며 병원마다 전화했다. 다행히 동대문에 있는 이대병원에서 구급차를 보낸다는 답변을 받았다. 엄마를 태운 구급차는 눈발을 헤치며 멀어져갔다.

14살 된 남동생과 나는 울면서 엄마와 오빠를 기다렸다. 다음날 오빠를 통해 들었다. 엄마는 입원했고, 병실은 가볼 필요가 없다고. 나중에 알고 보니 엄마의 상태는 의식불명 상태였다. 발가 벗겨진 몸에 많은 줄을 매달고 있어 차마 어린 우리가 놀랄까 봐 못 가게 했던 거였다.

그런데 의사 선생님이 뭐라 말씀하셨는지 오빠는 동생과 나를 엄마의 입원실로 데리고 갔다. 아마도 얼마 못 사실 거라 했던 거 같다. 병원 병실을 들어서서 엄마의 모습을 보고 놀라지 않을 수 없었다. 그때까지 그런 처참한 모습을 본 것은 처음이었다.

엄마는 산소 호흡기를 하고 있었는데, 어떤 반응도 없는 의식 불명 상태라고 했다. 그랬지만 작은오빠가 엄마를 부르며 절대 돌아가시면 안 된다고 소리쳐 울자 의식이 없다는 엄마의 눈에서 눈물이 주르륵 흘렀다. 우리는 그럴 때마다 오빠를 따라 울었다.

엄마는 상황이 나빠지면서 중환자실로 옮겨졌다. 중환자실에서 면회를 대기 중 잠깐 졸던 작은오빠가 벌떡 일어나더니 꿈을 꾸었다고 했다. 엄마가 잘 있으라며 손을 흔들고 어디론가 가는 꿈이었단다. 면회 시간 20분 전이었다. 결국 엄마는 당뇨가 있는 중에 치아를 빼는 바람에 당 수치가 급격히 올라갔다는 거였고, 일주일 후인 설날에 세상을 떠나셨다.

그 시절만 해도 지금처럼 장례식장이 있던 것이 아니어서 병원 시신 보관실 옆방에서 조촐하게 상을 치렀다. 친척이라곤 엄마 친정 식구들이 전부였다. 아직 어린 고만고만한 애들이 무얼 알고 했겠는가.

엄마의 장지는 아버지가 계신 임실이었다. 엄마는 살아생전 그곳에 묻어달라며 땅을 매입해놓고는 유언처럼 말씀하셨다. 나는 엄마를 태운 장례 버스가 서울을 빠져나갈 때까지 눈물을 그칠 수가 없었다. 평생 흘려야 할 눈물을 그때 다 쏟아낸 듯하다. 그때 치아만 빼지 않았어도…. 지금처럼 현대 의학만 발달했어도…. 엄마는 그렇게 허망하게 이승의 끈을 놓지 않았을 것이다.

엄마의 사랑을 독차지했던 나는 엄마 없는 하늘 아래서 많은 방황을 했다. 지금 생각해보면 내 슬픔이 더 커 보여 남동생의 슬픔을 알지 못했다. 남동생은 태어난 지 두 달 만에 아버지를 여의고 중1 때 엄마마저 잃었다. 따지고 보면 남동생의 슬픔이 더 컸을 텐데 그걸 헤아리지 못했다.

18세 소녀는 결혼하고 두 아이를 낳고 이제는 할머니가 되었다. 상고대에 하얀 서리를 이고도 엄마를 떠올리면 그때의 소녀로 돌아가고 만다. 엄마를 향한 그리움은 세월도 온전히 지워내지 못하는 모양이다.

🌱 사고뭉치 초보 농부

농촌에서 생활한 지 어느덧 32년이 되어간다. 이쯤 되면 달인 농부가 되기에 충분한 세월이다. 그런데 아직도 달인은커녕 무늬만 농부다. 참으로 아이러니하지 않은가.

처음 농촌 생활을 하면서 시작된 실수는 실수라기보다 대형 사고였다. 갓 시집온 새댁이 뒤 울안에 꽃밭을 만들어 보겠다고 아버님께서 몇 년을 가꾸어 놓은 더덕을 다 캐서 거름 장에 버린 것, 더덕밭을 보시고 놀라신 아버님의 눈빛은 그야말로 아연실색이셨다. 그다음은 소소하게 상추와 아욱을 심어 놓은 밭에 가서 아욱이 풀인 줄 알고 다 캐 버린 일 등등 크고 작은 사고를 많이 쳤다.

작년 이맘때에는 농사일에서 졸업하신 어머님께서 뜬금없이 밭에 풀을 매러 가자고 하셨다. 윗말 밭에 와서 보니 이름 모를 풀들이 서로 땅따먹기하는지 빼곡히 차 있었다. 어머님께서는 온전히 남편한테 농사일을 맡겨놓았더니 밭을 엉망으로 관리했다며 한숨을 내쉬었다. 그러고는 호미를 들고 잡초를 뽑기 시작하였다.

한낮의 더위는 태양이 군불을 지펴 등허리가 따가웠고 몸의 땀구멍에서는 쉼 없이 샘물이 솟았다. 이런 험난한 상황에서도 양

14

심 없이 남의 땅에 터 잡은 잡초들을 뽑아 비료 포대에 담아 둑에 버렸다.

'웬 밭에 나팔꽃이 이렇게 많지?'

이상하다는 생각이 들었다.

그런데 다음날 밭에 다녀온 남편, 6 · 25 때 난리는 난리도 아니었다. 비싼 씨를 사서 심어 놓은 하수오였다는 것이다. 나야 잘 몰라 그렇다 쳐도, 나랑 함께 그 귀하다는 하수오를 캐어 버린 시어머님은 왜 그러신 건지. 시어머님은 하수오는 처음 보았다며 남편한테 도리어 큰소리를 쳤다. 나는 그저 어머님 등 뒤에 숨어 어머님 말씀이 백배 천배 옳다며 고개를 끄덕였다.

그 뒤로 남편은 절대 우리가 모르는 작물은 밭에 심지 않는다. 어차피 심어 놓으면 수확은 보장이 없기 때문이다. 고라니보다 더 무서운 나와 시어머니가 한편을 먹고 쑥대밭을 만들어 놓기 때문이다. 그래서 남편은 초보 농부도 알 수 있는 고추나 양파, 들깨를 심었다.

이십여 년을 다니던 회사에서 퇴사하고 현재는 요양 일을 하고 있다. 유류비가 부담돼 먼 거리의 다른 동네보다는 자전거를 타고 출퇴근할 수 있는 마을 어르신을 돌보고 있다. 다른 요양사들은 마을 사람들은 말 많고 탈이 생긴다며 낯선 곳을 더 선호하지만, 반년을 해본 결과 그래도 눈에 익은 모습이 더 좋은 거 같다.

얼마 전까지도 세 분을 맡았었는데 현재는 두 분이다. 한 분이

낙상으로 허리뼈가 금이 가서 요양병원에 가셨기 때문이다. 한 분은 치매 중증이고 한 분은 우울증이 심하여 대인기피증을 앓고 계시다. 오전은 밤나무골 할머니, 오후는 옆집 아저씨다.

오전 요양 서비스를 마치고 오후 옆집 아저씨네로 요양 서비스에 들어갔다. 집 청소를 마친 뒤 아저씨 머리를 감겨드리고 잠깐 집에 들렀다.

우리 집과 아저씨 집은 담 하나를 사이에 두고 있다. 며칠 전부터 우리 집을 기웃대는 수상한 넝쿨이 눈에 띄었다. 볼 때마다 넘어오지 못하게 조금씩 자르곤 하였는데, 비가 오고 난 후 줄기가 훨씬 길어지고 잎이 풍성해졌다. 우리 집 마당은 시멘트 바닥이다. 흙냄새도 맡지 못하는데 무엇이 궁금한지 빠꼼이 내밀던 것이 흡사 무얼 훔치려는 도둑 모습이다. 참고 볼 일이 아니었다. 이젠 대놓고 여러 잎을 거느리고 우리 집 마당까지 접수할 기세다.

오늘은 도저히 그냥 넘길 수 없다. 낫을 숫돌에 쓱쓱 문질러 날을 세우고 아저씨네 집으로 갔다. 이참에 아주 싹을 완전히 잘라버릴 마음을 먹고서.

그런데 아뿔싸! 그것은 잡풀이 아니었다. 농촌에서도 귀하게 여기는 마. 낫으로 자르려는 순간 줄기를 뻗어 올라가라고 엮어놓은 지지대를 보았고, 그제야 예사 풀이 아님을 알았다. 또 사고 칠 뻔했다. 만약 잘라버렸다면 이건 상상하는 거 이상으로 사달이 났을 것이다. 아저씨는 감당이 되는데 아줌마는 당연히 마른하늘에 천둥 번개를 칠 것이다. 거기에 우박까지 내 큰 머리를 강타하고 말리라. 플러스 쩌렁쩌렁한 아줌마의 목소리는 내 귀의 고막을 찢어놓을 것이며. 가교마을이 몇 번은 들썩거려야만 끝이 날 것이기에 바짝 오금이 저릴 수밖에 없다.

낫을 들고 다시 집으로 돌아오면서 피식 웃음이 났다. 전에 내가 모두 캐서 버린 더덕이 생각났기 때문이다. 그러고 보면 내 사고에는 꼭, 넝쿨 식물이 있었다. 넝쿨은 전생에 무엇과 연결된 것이 분명했다. 그렇지 않고서야 이렇게 안 맞을 수는 없다.

🍂 벽 뚫은 여자

마을 사람들은 나를 참 재밌어한다. 이유는 간단하다. 위트가 넘치니까, 라고 하면 겨드랑이 실밥 터지는 소리라고 말하려나.

카페에서 내 글을 읽었다며 나의 엉뚱함에 많은 독자를 얻었다. 자칭 독자라며 내 글이 올라오는 족족 사수한다는 댓글이 대부분이다. 어떤 사람은 나를 서정적이라고 표현한다. 감수성도 좋고 글도 잘 쓰고 소나기로 칭찬한다. 지붕에 올라가 실리콘 한 박스를 온종일 쏘았다는 글을 읽고는 버릴 것이 없다며 남편을 두고 복 받은 사람이라고까지 하였다. 이건 순전히 내 글만 읽고 판단하는 독자 입장이고 남편 입장은 매우 다를 수 있다.

덩치 좋아 힘세지, 엉뚱하지, 웃기지, 개구쟁이지, 겁 없이 일도 잘 저지르지. 관리가 어려운 사람이라 늘 긴장하여 심장을 쓸어내리며 사는 줄을 누가 알겠는가. 남편은 삼십 년 세월 동안 나랑 살면서 심장에 근육이 생겼을 거다. 만약 얌전한 여자를 만났다면 심심해서 우울증에 걸릴 것이다.

아직 남편은 모르고 있다. 그래서인지 표정이 해맑고 마음 편하게 숙면하고 있다. 남편이 출근하고 난 후 집에서는 무슨 일이 일어났는지 옥상에 올라가서 보면 기함할 노릇이겠다. 어제 마늘 밭에 잡초를 뽑고 집으로 오는 길에 가교 다리에서 우리 집 지붕을 보았다. 누가 장난질을 했는지 녹색 싱글 지붕에 바둑판을 그려놨다. 깜짝 놀라 얼른 시선을 강 쪽으로 두었다. 그리고 잊어버리려 애썼다.

옥상은 계단이 가파른 관계로 잘 올라가지 않는다. 요즘 담배를 끊어서 아니 바람에 날씬한 몸이 날아갈까 봐 옥상 문을 봉쇄한 거로 안다. 하느님이 보우하사 고추를 따서 옥상에 말리는 그 날까지는 안심이다. 그때쯤 되면 설마 실리콘 색이 백색일 리 없다 온갖 농촌의 먼지들이 하얀 실리콘 위에 내려앉을 것이다. 그것도 아주 폭설로. 그러면 한 박스의 실리콘만 실종됐을 뿐 옥상은 예전의 모습으로 오리발을 내밀 수 있는 완전범죄가 되는 거다.

남편과 결혼하여 부모님과 함께 살게 된 집은 전형적인 농촌주택이었다. 흙집에 양철지붕. 서울 아가씨가 처음 부엌에 들어갔을 때 큰 가마솥과 작은 솥단지를 보고 놀랐다. 입식 부엌을 만들자는 의견을 냈다. 솥단지를 다 떼어내고 어디에다 밥을 해 먹느냐며 시아버님의 반대가 만만치 않았다. 그러나 시아버님의 만류에도 남편은 예쁜 색시를 위해 거북이 등 같은 솥단지를 떼고 입식 부엌을 만들어 주었다.

한동안 편하게 입식 부엌을 사용했는데 다용도실이 필요했다.

입식 부엌 뒤편으로 광이 있는데 광을 가려면 부엌문을 나가 뒤꼍으로 돌아가야 해서 밤에는 가기도 무섭고 불편하였다. 부엌 안에서 벽을 헐어 광을 다용도실로 사용하면 좋을 거 같았다. 겉보기에 흙벽이라 쉽게 벽을 뚫을 수 있을 거로 생각했다. 모두가 들로 나간 사이 한쪽 벽을 헐기 시작했다. 그런데 생각보다 만만치가 않았다. 흙벽은 그냥 흙벽이 아니었다. 벽 사이 삼나무를 튼튼하게 엮어 그 위에 진흙을 바른 거였다. 그날 나는 20대의 혈기로 내 힘만 믿고 시작했던 벽 뚫기를 죽을힘을 다해 결국 헐었다. 지금 생각하면 참 이상한 아줌마였다.

저녁때가 되어 들에서 돌아온 가족들은 부엌을 보고 기절 일보 직전이었다. 다만 나 혼자만 뻥 뚫린 부엌 벽을 보고 흐뭇한 표정을 짓고 있었다. 이상하기는 하였지만, 다용도실이 생겼기 때문이다.

다음날이 되자 남편은 모든 들일을 접고 경운기를 끌고 면으로 나갔다. 잠시 후 벽돌과 시멘트가 집으로 배달되었다. 참고로 남편은 건축업자였고 미장 전문이었다. 아무튼, 남편은 연장을 챙겼고, 종일 죽을힘을 다해 헌 벽에 튼튼하게 벽돌을 쌓기 시작하였다. 그것도 아주 꼼꼼하게 정성 들여서. 그 위를 벽돌이 굳자 다음으로 시멘트를 척척 발랐다. 절대 어떤 장비에도 무너지지 않게 조치한 거다.

그때는 펄펄 넘치는 힘을 주체하지 못하여 일주일을 넘기지 못하였다. 그렇게 집안의 가구를 옮기고 꾸미고 하였다. 그런데 지금은 가구를 옮기지 않은 지 오래되었다. 힘이 점점 **빠지자** 남편과 아들에게 지시했는데, 어느 날 참다못한 아들의 한마디에 옮기는 일을 멈추었다.

"이제부터 옮길 거면 엄마 힘으로 해."

어찌나 자주 옮겼던지 장롱 다리가 말짱한 것이 없다. 침대는 거의 너덜거릴 정도다. 그리고 세월이 열정을 가져간 후 우리 집에도 변화가 멈추었다. 퇴근해서 오면 모든 가구가 옮겨져 있어 무슨 보물찾기 하듯 물건을 찾으러 다니던 남편의 고초도 끝이 났다. 드디어 평화가 온 것이다.

지금은 힘이 없다. 그래서 말로 웃긴다. 내가 입만 뻥긋하면 남편은 배를 잡는다. 함께 축사 청소를 할 때면 나에게는 막대기를 들고 소를 지키는 임무를 준다. 그러면 막대기를 들고 놀면서 남편에게 소들의 기분을 말로 통역해준다.

"아저씨, 고마워요. 집 안 청소를 해줘서. 쾌적한 우리 집."

그러면 남편은 외양간 청소가 신이 나는지 실실 웃는다. 나 때문에 못 살겠다는데, 아마도 내가 좋아서 하는 말일 거다. 그것 말고는 곰곰이 생각해도 이유가 떠오르지 않는다.

남편은 여자가 순하고 순해서 물 같으면 안 된다고 한다. 남편이 하자는 대로 순종만 하고 따르면 가정에 발전이 없다, 고 말한다. 때론 자기주장도 펼 수 있어야 하고 드세기도 해야 한다고.

남편에게 나란 존재는 아마도 험한 세상을 살아가는데 있어 면역력 역할인 셈이다. 웬만한 일은 놀라지도 않고 눈도 끔쩍하지 않는다.

이런 내가 남편에게 복이라고 하면 당장 나를 친정에 반납할 것이다. 아니면 껄껄거리며 배를 잡고 웃겠지. 그러고 보면 누구에게나 천적이 있기 마련이고 시련이 사람을 강하게 만드는 거 같다. 남편을 볼 때 솔기 터진 듯 배시시 웃음이 나고 미안해지기까지 한다. 남편은 나로 인해 강해졌다.

🍃 나무

봄이 되자 가랏마을에 있는 묘목장이 활기를 띤다. 묘목을 사러 오는 사람들로 붐비는 나무 시장. 그렇다. 가랏마을에 나무 시장이 섰고, 오가는 차가 흙먼지를 일으키며 분주하다. 남편 차 화물칸에도 밤나무 묘목 두 묶음이 실려있다. 겨우내 죽은 밤나무를 잘라내더니 그 빈자리에 어린나무로 채우려나 보다.

동요 중 어린나무를 함부로 자르지 말라는 가사가 있다. 이유는 그 나무가 얼마나 클지 아무도 모르기 때문이라고. 지금은 나무젓가락처럼 보일지 몰라도 몇 년이 가면 어떤 커다란 나무가 될지 어떤 열매를 맺을지 장담할 수 없으니 미리 미래를 자르지 말라는 뜻이다. 아마도 어린아이를 두고 하는 말이다. 지금은 작고 어리지만, 우리의 미래를 짊어질 희망이기에 그에 합당한 양육에 힘쓰라는 것이리라.

일찍 저녁 준비를 마치고 하천길로 운동을 나섰다. 가랏교를 지나는데 묘목장 감독님이 빈 비료 포대에 물을 담아 들고 와서는 하천길 옆 지게 작대기처럼 생긴 나무에 물을 주었다. 가뭄이 심해서 심은 나무가 죽을까 봐 물을 준다면서, 언젠가는 이 나무가 사람이 쉬어가게끔 그늘을 만들어 줄 거라고 말씀하셨다. 나는 감독님의 연세를 생각하며 웃었지만. 내일 지구가 멸망해도 한 그루 사과나무를 심는다는 말이 떠올랐다.

나무를 보고 있으면 사람과 많이 닮았다는 생각을 떨쳐버릴 수가 없다. 나무가 커서 얼마나 클지 모르는 것처럼 지금은 작고 보잘것없어 보이는 어린이지만 언젠가는 마을을 지키는 수호신처럼 커다란 느티나무로 성장할지 그 누구도 장담할 수 없기 때문이다. 나무의 동요를 듣고 있으면 불현듯 어릴 적 막냇동생이 겹쳤다.

친정아버지는 막냇동생을 낳고 두 달 만에 이승의 가방을 꾸려 세상 밖이 되셨다. 올망졸망 어린 네 남매가 엄마에게만 남겨져서, 엄마는 앞으로 살길이 어둠보다 더 막막했다. 그럴 때 마을 한 아주머니가 엄마를 찾아왔다고 한다. 갓난쟁이 막냇동생을 아이를 낳지 못하는 집에 양자로 보내자고 권한 것. 모두 굶어주는 것보다 한 사람의 입이라도 덜자는 좋은 마음에서였을 것이다.

엄마는 호롱불 밑에서 콧등을 검게 그을리며 몇 날을 눈물로 지새운 끝에 결국 입양을 결정하였다고 하셨다. 갓난아이를 누비 처네로 둘러업고 그 마을로 가던 중 중간에 저수지가 있었다고. 엄마는 저수지 둑에 앉아 죽음까지 생각하셨다. 서러움이 복받쳐 끝내 소리 내어 통곡하셨고, 그때 구역예배를 마치고 돌아가는 목사님을 만났다고 한다. 목사님 설득에 엄마는 막냇동생을 업고 다시 집으로 돌아오게 되었다.

막냇동생의 이름은 어릴 적에는 부자가 되고 싶은 엄마의 소망을 담아 부자로 불리었다. 그러나 호적에는 큰오빠가 지은 지금의 이름으로 올려졌다. 막냇동생이 중학교를 막 입학했을 때 우리의 세상이었던 엄마마저 우리의 가슴에 따라갈 수 없는 길을 내고 떠나셨다. 그리고 4남매에 남은 건 어떻게든 각자의 힘으로 앞으로의 삶을 숙제하듯 살아내야 했다.

모두가 눈물범벅으로 보낸 시간. 세월은 멈춤 없이 흘러갔다. 거인 걸음으로 큰 산을 성큼성큼 뛰어넘어 갔다. 어느덧 까치 머리이던 우리는 강가에 나풀거리는 갈대 머리가 되었다.

우리 네 남매 중 이름값 때문인지 제일 부자가 된 것은 막냇동생이었다. 서울에 자기 건물과 번듯한 사업체를 가지고 있다. 막냇동생은 톡톡히 우리 남매들의 기둥 역할을 하고 있다.

추석 때 벌초를 갈 때면 큰오빠는 옛날을 회상하듯 부모님 산소 앞마을을 바라보며 막냇동생 이야기를 꺼내었다. 그때 막냇동생이 남의 집으로 양자를 갔다면 우리는 지금쯤 어떻게 되었을까. 그것은 가난 속에서도 끝까지 4남매를 놓지 않은 엄마의 모성에 대한 고마움을 달리 말하는 거였다.

어릴 적, 나는 그것이 아픔인 줄도 모르고 막냇동생을 놀리곤 했다.

"부자는 엄마가 남의 집에 주려고 했대."

그럴 때마다 아니라고 부정하며 서럽게 울었던 동생.

어린나무라고 함부로 자르지 마세요. 그 나무가 얼마나 클지 아무도 모르잖아요.

동생의 나무를 잘 지켜준 엄마. 막냇동생은 우리 가족의 느티나무가 되었다. 젊은이를 함부로 박대 말라는 말이 귓등을 스치고 지나간다.

🐾 대박이

　어느 날 내 눈 속으로 들어온 새끼고양이. 어미 잃은 모습에 문득 내 어린 시절이 떠올랐다. 다섯 살에 아버지를 잃고 한창 사춘기에 어머니조차 잃어버린 나는 마치 고아처럼 홀로 마음의 상처를 쓸어내리며 살아왔고, 그 아픈 나날이 어미 잃은 새끼 고양이의 아픔과 겹쳐졌다. 그래서 나는 무조건 새끼고양이를 품에 안았다.

　'너를 거두마. 걱정하지 말고 건강하게만 자라다오.'

　내 품에 안긴 손바닥만 한 고양이는 초점 잃은 불안한 눈빛으로 나를 빤히 바라보았다.

　몇 주를 우리 집에서 아기처럼 돌봄을 받으며 지낸 고양이. 먹고 마시며 편안하게 잘 곳이 생겨 안심하였는지, 점점 행동반경이 넓어지더니 이제는 이곳저곳을 제집처럼 쏘다니며 갖은 재롱을 다 부렸다.

　하지만 동물을 길러보지 않은 서투름과 한 생명을 길러낸다는 부담감, 그리고 점점 아지랑이처럼 피어오르는 '귀차니즘'이 고양이를 내 손으로 버리게 하였다. 이유도 모른 채 사랑을 받다가 또다시 집에서 한참 떨어진 외진 돌담 밑에다 버려진 대박이(새끼

고양이 이름). 그런데 대박이는 오전 내내 불안에 떨며 꼼짝하지 않고 돌담 밑에서 주인(얼떨결에 생긴 주인) 오기만을 기다린 모양이었다.

다 큰 길고양이에게도 사료를 주는데 새끼 고양이를 버렸다. 이해되질 않는 상황이었다. 내가 나답지 않은 행동을 한 거였다. 나는 죄책감에 안절부절못하였다. 할 수 없이 돌담 밑으로 가서 오돌오돌 떨고 있는 대박이를 집으로 데리고 왔다. 되돌아온 대박이는 버림받고 또 버림받았던 슬픔을 다 잊은 듯 제 세상을 다시 만난 듯 난리도 그런 난리가 없었다.

대박이의 화장실로 쓰는 모래 상자에 분비물이 많아졌고, 그래서 새 모래를 담기 위해 대박이를 안고 강가로 갔다. 가는 길에 돌담 모퉁이를 돌게 되었는데, 품에 아기처럼 안겨있던 대박이가 갑자기 불안한 눈빛으로 야옹 소리를 냈다. 그러더니 내 품에서 빠져나가려고 발톱을 바짝 세우며 가슴 위로 기어오르더니, 달아났다.

몰랐다. 새끼 고양이니만큼 지나간 기억은 쉽게 잊거나 감정이 없을 줄로 알았다. 아마도 대박이는 그렇게 알았을 것이다. 내가 또 자기를 버리려 한다고. 그래서 돌담 모퉁이를 보자마자 격한 반응을 보이며 품에서 빠져나갔고, 집 쪽으로 달려간 거였다. 신기한 한편 마음이 아팠다.

'그 기억이 네 작은 가슴에 아픔으로 새겨졌구나.'

책임감 없이 들이고 쉽게 버리고 했던 나는 순간 괴로웠다. 대박이에게 몹쓸 죄를 지은 것만 같았다. 나는 쪼르르 도망가는 대박이를 억지로 다시 안았고, 냉정하게 돌담 모퉁이를 돌았다. 대박이는 무서워 생떼를 쓰는 아이처럼 애절한 울음소리를 내며 다시 반응한다. 그래서 알았다. 그저 미물이라 여겼는데 동물도 감정이 있고 상처받는다는 사실을. 나는 걱정하지 말라며 고양이 등을 쓰다듬어 주었다.

그 후 며칠이 지나고 이웃집 아저씨가 우리 집 계단을 오르면서 대박이를 보며 한마디 하신다.

"뭔 고양이 눈빛이 저래? 힘이 없는 것이, 고양이 눈빛이 아니네."

"두 번이나 버려졌던 불안감에 그러는 거 같아요."

가슴이 쓰렸다.

마당에서 놀던 대박이가 겁먹은 신음을 냈다. 이상한 생각이 들어 현관문을 열고 나가 보니 커다란 길고양이가 대박이를 노려보고 있다. 대박이는 몸을 잔뜩 웅크린 채 계단에 오르지도 못하고 그 자리에 얼어붙어 있었다. 겁먹어 한 자리에 딱 붙은 채로 돌고양이가 되어버린 대박이. 사료 포대를 지켜 달라며 때마다 사료를 주었던 길고양이였다.

"꺅! 저리 가! 안 가?"

나는 길고양이를 향해 고함 지르는 동시에 냅다 빗자루를 날렸다. 그리고 쫓아갔다. 대박이 녀석 나의 고함에 힘을 얻어 덩달아내달리며 길고양이를 쫓는다.

그런 대박이를 보고 웃음이 났다. 내가 제 편인 줄 어찌 알았을까? 조금 전까지만 해도 눈을 깔고 바들거리며 얼음 땡 되었더니, 자기도 길고양이에게 덤빌 듯 의기양양하게 내 뒤를 쫓아 오는 모습이 천상 어린아이 모습이다.

나는 '아버지'라고 불러본 기억이 없다. 학교 다니면서 친구들이 아빠! 아빠! 하고 부를 때면 나는 저만치 숨곤 하였다. 부러우면서도 낯선 모습이었고 아빠가 계시지 않은 우리 집 환경이 부끄러웠다.

그래서 엄마의 존재는 나의 세상 전부였다. 엄마의 볼에 얼굴 비비고 치마에 몸을 숨기며 엄마의 사랑을 배로 갈구하며 살았다. 하지만 그것도 오래가지 못하였다. 엄마란 세상, 유일한 행복이 내 곁에서 갑자기 사라지자 한없는 절망의 늪에 빠져들었다. 그리고 마음에 상처가 너덜거렸고 험한 세상 기댈 곳 없이 산다는 것이 무서웠다. 하지만 나는 강하게 살았다. 단지 살아있다는 이유로서, 숙제처럼 나를 다독이며 살았다.

이제는 두 아이의 엄마이자 지천명을 향해 가고 있는 나이인데도, 누가 '부모님' 하면 눈물부터 핑그르르 돌면서 그때의 어린 시절로 돌아간다. 상처가 덧나곤 한다.

내 마음에는 두 사람이 살고 있다. 중년인 지금의 나와 엄마가 돌아가셨던 그때의 어린 18세 소녀였던 나. 가끔 그 소녀가 내 마음에 들어오면 우울하고 쓸쓸해진다.

가을이 문턱을 넘자 마음속에 그 소녀가 자주 들락거린다.

면에서 운영하는 요가 수업을 마치고 회원과 술 한잔을 하고 늦게 왔다. 현관문이 닫혀있으니 대박이가 밖에서 나를 기다리고 있었다. 길고양이가 무서워 베란다 난간에만 앉아 있었던 모양이다. 마당에 주차하고 내리는 나를 보더니 슬픈 울음을 토해내듯 야옹 한다. 어둠 속에서 무서움을 떨다 엄마를 만난 듯 반기며 울어대는 대박이. 살짝 안아 현관에 들여놓으니 깡충거리며 뛴다. 안심하는 눈빛이다. 아무것도 아닌 초라한 시골 아줌마가 대박이에게 기다림이자 기댈 수 있는 존재라는 것이 고맙게 느껴졌다.

현관문을 열어젖히고 계단 난간에 앉았다. 먹물을 풀어놓은 것 같은 밤하늘을 쳐다보았다. 어느덧 그 소녀가 내 마음속으로 옮겨왔다. 마음에 강물이 흐른다. 밤하늘을 바라보며 넋을 놓고 있는데, 대박이가 가만히 다가와 내 발을 건드리더니 슬쩍 눈치를 살핀다. 내가 미소를 지으니 대박이는 몸을 옹크리고 내 발아래 앉는다. 그리곤 어느새 갸릉갸릉 작은 신음을 낸다. 대박이도 나처럼 밤하늘을 바라보며 엄마 생각을 하나 보다. 한동안 우리는 어둠 속에서 그렇게 앉아있었다.

다음날 대박이는 어제처럼 마당에서 뛰어놀고 있었다. 무언가 열심히 찾아 헤매고 시멘트 바닥 갈라진 틈에 들어간 돌을 두 발을 이용해 뺐다 넣기를 반복한다. 나를 보자 잡기 놀이를 하자는 듯 앞발로 내 신발을 툭 건드리곤 앞질러 뛰어간다. 대박이를 바라보고 있으면 저절로 웃음이 난다. 대박이가 불쌍해 돌보는 것이 아니라 도리어 대박이의 재롱을 보며 위로받는 건 나였다.

마음이 우울하거나 갈피를 못 잡을 때 "대박아!" 하고 부르면 어디선가 야옹거리며 나타난다. 대박이를 번쩍 들어 올리고 안고 장난치다 보면 우울했던 마음이 한결 좋아진다. 동물로 인해 마음의 상처를 치료한다는 것이 순전히 거짓말은 아니었다.

내 보기에 대박이는 고양이가 아니고 사람이다. 어디선가 놀다가 "대박아!" 하고 부르면 "야옹" 대답하며 나타난다. 대박이는 내가 우울해 하면 무엇을 해야 하는지 잘 안다.

대박이에 대해 어떤 분은 너무 약하게 기르지 말라며 염려하신다. 그러다 고양이로서 삶을 못살고 매일 얻어맞다 생을 마감한다는 것이다. 그래서 조금씩 마을 길을 가르쳐주고 있다.

녀석은 이제 돌담 모퉁이를 무서워하지 않는다. 반복 학습을 시킨 결과, 이제는 제법 집으로 돌아가는 길을 익혔다. 안고 가다 내려놓으면, 대박이는 이리저리 두리번거리다가 씩씩하게 뛰어 집으로 간다. 점점 고양이의 본성도 나타나는 듯하다. 하루하루 씩씩해지고 날렵해지는 대박이를 볼 때면 은근히 대견스럽다.

마을 길을 익히다 길고양이를 만났다. 녀석 내가 있어서 그런지 경계하며 덤빌 테면 덤벼 봐, 하는 자세를 취한다. 엄마가 옆에 있으면 으스대는 아이처럼 기가 살아난다. 그런 모습을 볼 때면 저절로 웃음이 난다.

작은 생명을 지켜주기 위해 집으로 들였던 업둥이 대박이. 반대로 내가 대박이로 인해 삶의 활력을 얻고 있다. 어린이는 우리의 미래라고 했던가? 대박이를 보면서 새삼 그 말을 떠올린다. 무언가 호기심이 많고 하루가 다르게 변화라는 대박이를 보고 있으면 자꾸만 그런 생각이 든다. 대박이가 쑥쑥 건강하게 자라서 어른 대박이로 거듭나기를 바란다.

창밖에 빗소리가 요란하다. 가뭄으로 인해 고당리의 개울물이 바짝 말랐고, 강바닥 여기저기엔 크고 작은 돌들만 뒹굴고 있다. 빨갛게 익어가는 밤송이도 가시가 억세졌다. 두텁게 낀 장갑을 뚫고 들어와 따갑게 찔러댄다. 어렵게 시작한 비가 한차례 시원스럽게 내려주었으면 한다. 대박이는 무얼 하고 있는지 나가봐야겠다.

"대박아, 어딨니?"

🪲 날궂이

하늘은 기미낀 얼굴을 하고서 울상이다. 벌써 십여 일도 넘게 장마철이라는 분명한 핑계를 내세워 지상에 물 폭탄을 투척하고 있다. 사람들도 초목들도 이제 서서히 짜증이 나면서 지쳐가고 있다. 그런데도 여전히 뻔뻔한 얼굴인 하늘.

비가 내리는 통에 근무가 없는 일요일인데도 집안에서 뒹굴고 있다. 태양이 두문불출하니 고추도 햇살을 보지 못해 제 몸 익히는 걸 게을리한다. 한창 고추 따는 일로 손이 바빠야 할 시기에 이렇게 넋 놓고 집안에서만 있으려니 하품이 저절로 입에 걸린다. 이참에 그동안의 피로를 풀어낼 겸 침대에 누워서 등뼈의 자세를 점검 중이다.

남편이 전화 한 통을 받았다. 화월리 사는 친구 부부가 날궂이 겸 술 한 잔 마시러 온다는 거였다. 갑작스러운 통보, 도대체 무얼 해서 대접해야 할지 허둥대고 있는데 남편이 팁을 주었다. 호박은 썰어 부침개를 하라, 얼마 전 가져온 돼지고기는 두루치기를 하라.

남편은 식탁에서 고기를 썰고, 나는 호박보다 술안주에는 얼큰

한 묵은지 부침이 좋을 거 같아 부침 가루를 꺼내 반죽하였다. 프라이팬을 달궈 두어 장 부쳐서 놓고 돼지고기를 양념하고 있는데 남편이 전화를 받더니 갑자기 나가자고 하였다. 밤 작목반 회장님이 친구 집에 방문했다가 합류하면서 집보다는 신풍에 가서 족발탕을 먹기로 했다고.

부엌은 손님 준비에 난장판이라 남편만 가랬더니 밤 작목반 회장님께서 처음 초대하는 것인데 어떻게 거절하냐고 한다. 할 수 없이 부엌은 대충 마무리해놓고 사곡으로 달려갔다.

업무차 화월리 친구 집에 들렀다가 따라나섰다며 밤 작목반 회장님은 불청객의 등장을 미안해했다. 우리는 회장님을 처음 대면한 사이가 아니기에 도리어 잘됐다고 했다.

신풍에 '웬 족발, 집' 하며 따라나섰는데 알고 보니 족탕과 뼈다귀탕을 파는 곳이었다. 그곳에서 여자들은 뼈다귀탕을 시키고 남자들은 족탕을 시켰다. 물론 소주가 바로 합석해서 분위기를 띄웠다.

회장님은 입이 떡 벌어질 13정의 밤 농사를 하는 대농가였고, 화월리 친구는 10정이란다. 거기에 비하면 우린 아장아장 걷는 아기 농사였다. 두 집은 이번 해는 '농가 애'란 곳에서 일손을 구해오기로 했다고 한다. 우린 겨우 3정이니 일꾼 댈 필요도 없이 오전에는 남편이 혼자 줍다가 오후에는 내가 합류해서 줍기 때문에 일손 걱정이 없어 다행이었다.

주로 농촌 일손은 외국인이 투입된다. 그것도 잘 만나지 못하면 일하다 그냥 가기도 하고 시간만 보내기도 해서 가끔은 애를 먹기도 한단다.

화기애애한 분위기를 타고 있을 때 나는 슬그머니 일어나 식사비를 냈다. 회장님은 본인이 가자고 했는데 엉뚱한 사람이 냈다고 미안해하셨다. 나는 과거 회장님께 은혜를 입은 것도 있고, 화월리 사는 친구분은 수시로 우리 부부에게 베풀고, 그래서 한 번은 기회 봐서 보답하려 했던 걸 갚는 거라고 둘러댔다.

다음날은 어제 마신 술로 인해 한나절을 침대에 누워 보냈다. 술도 예전 같지 않다. 하늘은 누구한테 꼬집혔는지 여전히 울상이다. 살금살금 걸으며 하늘의 눈치를 본다. 인제 그만 환하게 웃은 해님의 얼굴을 보고 싶다.

🚲 단체 손님

　겨우내 검은 융단을 덮고 잠을 자던 양파와 마늘. 봄 햇살의 러브레터에 수줍은 얼굴을 하고서 땅 위로 하나둘 모습을 드러내기 시작하였다. 삭막하던 들녘이 양파와 마늘로 인해 금세 호수 하나 장만하는, 뒤뜰에서 달려온 바람도 물수제비를 뜨고 노는 산골 마을 가랏.

　세월은 다시 빠르게 달려가서 어느덧 6월 중순, 푸른 물결을 자랑하던 가랏마을 들녘은 캐놓은 양파들 때문에 붉은 물결로 변신하여 모로 눕는다. 이때부터 양파 농가들은 양파를 수확해줄 일꾼을 사느라 한바탕 전쟁을 치러야 한다. 양파 수확 때만 되면 괜히 나서서 설레발 치는 태양까지 한몫하여 농부의 이마에는 포도알처럼 굵은 땀방울이 매달린다.

　우리 집은 집안 형님네와 동업으로 양파 농사를 짓고 있다. 그래서 다른 집보다 양파 수확을 일찍 마칠 수 있었다. 대여섯 집이 모여 품앗이로 하는 사람들은 20여 일을 양파와 씨름을 벌여도 끝날 기미가 보이지 않는다. 긴 일정에 마음도 몸도 지쳐간다며 사람들의 푸념이 마을 길을 들썩였다.

양파가 내어준 자리에 2모작으로 들깨와 콩이 새로운 주인으로 나서보지만. 요즘처럼 마른 가뭄이 들면 애써 심어 놓았던 여리디여린 모들이 선임인 햇살 앞에서 바로 주눅이 들어 버린다. 폴더처럼 몸을 접고 있던 들깨 모의 머리가 태양에 달궈진 검은 비닐에 닿았는가 싶으면 과연 저녁이 되기 전에 폭삭 삭아있다. 아무리 경운기를 대동해 물을 주며 심폐소생술을 해도 이미 끊긴 호흡이고 늘어진 주검이다.

벌써 며칠째 하우스에 있는 들깨 모를 형님네와 함께 밭에 옮겨 심고 있었다. 그때 막내 시누한테 전화가 왔다. 미리 예고편도 없이 일산에서 친정엄마를 뵈러 넷째 시누랑 왔다며 점심을 함께 먹자는 거였다.

남편은 어둠이 슬슬 보따리를 여미기도 전 이른 아침밥을 먹고 들로 나간다. 일찍 일어나는 새가 먹이를 먹고도 금방 배고파 새참 달라는 속담이 있다던가? 남편이 그 속담 속의, 쓸데없이 부지런한 가교리 새다. 그놈의 배꼽시계 알람은 해제해도 해제가 안 된다. 쉴 없이 울려대는 것도 모자라서 유행가처럼 '배고프다'를 메들리로 부른다. 할 수 없이 형님 내외를 모시고 사곡면 내에 있는 식당에서 이른 점심을 먹었다. 그런데 아무리 오랜만에 친정엄마를 뵈러 왔다고 해도 그렇지, 이미 점심을 마친 우리 일행한테 또 점심을 먹자고 하다니, 형벌이다. 남편은 막내 시누의 방문을 시어머님께도 말씀드리지도 않았다. 나는 올케로서 시누이들에게 미안한 마음이 들었지만, 하지만 어머님도 이미 회관에서 식사한 후였고, 더구나 들깨 모 옮겨심느라 우리의 행색은 말이 아니다. 작업복 차림에 흙으로 범벅되어 딱 봐도 노숙자 모습이다. 손님 맞을 준비가 하나도 안 되어 있는 상태였다. 막내 시누는 할 수 없다며 친정엄마만 뵙고 갑사에 사는 넷째 시누네로 가겠다고 하였다. 넷째 시누와 막내 시누가 친정엄마 뵈러 오는 것이 무슨 국가 비밀이라고 남편은 입을 꾹 다물고 있었다. 그렇게 시누들을 보내고 남편은 한소리 먹었다.

일요일 아침, 오늘은 형님네 들깨 모를 옮기는 날이다. 아침 일찍 서둘러 나가려고 했더니 시어머님은 우리 할 때는 형님 혼자 와서 했는데 굳이 나까지 갈 필요 없다고 하셨다. 그렇지 않아도 꾀가 났었는데 그 말에 나는 홀딱 넘어가고 말았다.

작업복을 벗어 던지고 그동안 밀린 집안일을 하였다. 그리고 점심시간이 되니 은근히 밥 먹으러 오라는 전화를 얌체처럼 기다리게 되었다. 그런데 전화가 없다. 이럴 남편이 아닌데 정오가 훨씬 지났어도 핸드폰은 여전히 기척이 없다. 마치 휴무 날을 즐기듯 깊은 잠에 빠져있다.

할 수 없이 혼자 점심을 먹으려고 준비하니 그때야 전화벨이 울렸다. 어제는 넷째와 막내 시누가 다녀가더니, 오늘은 둘째 시누가 등산회원 35명과 관광 차를 타고 마곡사에 왔다고 한다. 지금 마곡사를 구경하고 소나무길을 걷는 중이라는데, 그러면서 식사는 도시락으로 준비해 마곡사에서는 펼칠 때가 마땅치 않아 가교리 회관으로 온다고 한다. 둘째 시누는 시어머님과 남편, 올케 옷까지 사 왔다며 온 김에 주고 가려 한다는 말을 덧붙였다. 시누의 선물 얘기를 듣고 흥분한 나는 과장된 목소리로 수박이 있으니 후식은 집에서 드시라고 하였다.

얼마 전까지만 해도 시누들은 딸 다섯에 외아들인 남편만 챙겼다. 남편 티를 다섯 장을 사와도 올케인 내 것은 눈을 씻고 찾아봐도 양말 한 짝 없었다. 결혼한 지 32년이 되고 시어머님을 모시고 산 지도 30년 가까이 되어 가는데 시댁 식구들한테는 늘 이방인이었다.

나는 그동안 꼬깃꼬깃 여며두었던 서운함을 기회를 봐가며 틈틈이 내보였다. 가끔 잡음도 있었지만, 지금은 많이 개선되어가고 있다. 오빠 선물을 살 때 여벌일 지라도 지금은 내 선물도 잊지 않는다. 시누들이 선물을 사 올 때마다 내용에 상관없이 기뻐하였다. 이방인이 아닌 조금씩 가족이 되어가는 느낌을 받았기 때문이다.

그냥 선물에 혹해서 앞뒤 분간하지 못하고 친절을 베푼 결과가 과연(?) 빨간 관광차의 문이 열리더니 마치 가을 산 같이 울긋불긋 등산복 차림 사람들이 개미 줄로 나오는 거였다. 그들이 우리 집 파란 대문을 밀치고 들어오기 시작했다. 거실을 등지고 싱크대에서 수박을 자르고 나서 뒤돌아보자, 놀랍게도 거실은 콩나물시루였다. 또한 집안 화장실에서는 공중화장실처럼 줄을 서는 진풍경이 연출 되었다.

사람들은 거실에 둘러앉아 게임도 하고 한쪽에서는 술판이 벌어졌다. 난리도 그런 난리가 없었다. 완전 최고였다. 오랜만에 사람 속에 섞여 크게 웃었다. 답답했던 마음에 터널 하나를 개통했다. 함께 온 일행들은 입에 침을 발라가며 올케 인상이 너무 좋다며 나의 친절에 보답하느라 칭찬하는 시간을 아끼지 않았다.

토해놓았던 사람들을 다시 차 안으로 밀어 넣은 관광차. 차의 연통은 아쉬움을 마구 뿜어대며 가교마을을 떠났다. 단체 손님의 흔적을 지우고 있는데 시누한테 카톡이 왔다. 시누의 자존심을 세워줘서 고맙다는 내용이었다.

둘째 시누 덕에 내가 더 즐거운 하루였다. 내 생애 사건 중 최고로 꼽을 수 있는 추억을 만들었다. 그리고 이번 일은 마음속에 화석으로 새겨야 한다. 사골보다 더 진하게 두고두고 우려먹어야 한다. 이런 생각을 눈치챈다면 둘째 시누는 얼굴빛이 낮달처럼 하얗게 변할 것이다.

노년이 되어서 외로움이란 늪에 빠지지 않으려면 미리미리 사람저축을 해두어야 한다. 내 주변에 마음 나눌 사람이 없다는 것이 최악의 형벌이 아닐까. 지금의 배려가 먼 훗날 나에게 선물이 될 것이다.

하천공사로 인해 개구리 울음소리가 사라졌다. 적막하기만 한 농촌의 저녁, 하늘이 검은 돗자리를 펼쳐놓자 하나둘 마실 나오는 별님들. 옥상 계단에 앉아 잠시 그들의 수다에 귀 기울여 본다.

🍂 몽실이

부드러운 흰 털에 갈색 점박이 몽실이. 내 앞을 지날 때면 꼭 공작이 날개를 펼친 듯 꼬리를 치켜세우며 사뿐사뿐 걸었다. 몽실이의 꼬리는 우아하다고 표현해도 손색이 없다. 몽실이는 내가 다니던 싸이징 공장 집 발발이 개 이름이다.

싸이징이란? 일본어로 실에 풀을 먹인다는 뜻이다. 이곳은 실에 풀을 먹이고 빔 대에 감는 일을 한다. 그리고 직조 공장에서는 이 빔 대를 올려 원단을 짠다.

이곳 가교리로 이사 오기 전 우리 가족은 경기도 이천에서 살았다. 그곳에서 나는 자그마한 공장을 하며 열심히 살고 있었다. 그러나 나와 다르게 남편은 도시 생활을 접고 싶어 했다. 고향으로 내려가 전원주택을 짓고 편하게 살자고 노래를 불렀다. 그 말이 전혀 먹히지 않자 급기야 홀로 사시는 시어머님의 핑계를 대며 설득 작전을 펴는 거였다. 그래서 남편 말마따나 직원들 때문에 겪는 마음고생을 접고 공주로 이사 오게 되었다.

그때 이곳 가교리는 동네가 수몰 지역이 된다며 댐 바람이 불었다. 이천에서 내려올 때만 해도 전원주택을 짓고 편안하게 산다는 사탕발림은 까맣게 잊고 남편도 덩달아 투자에 열을 올렸다. 눈에 불을 켜고 덤비는 물불 못 가리는 상황이라 말려도 소용없었다. 그러다가 댐 바람이 힘없이 사그라들었다. 금방 무언가 될 것 같았는데, 검불에 불 댕기듯 급하게 솟구치는 듯싶다가 그만 꺼져버린 거였다. 결국 우리에게 남은 건 상처와 눈덩이처럼 불어난 빚뿐이었다.

남의 밑에서 일해보지 않은 나는 아이들을 위해 무언가 해야만 했다. 그래서 일을 찾아다닌 곳이 동네에 있는 싸이징 공장이고 보조 일로 실 다는 일을 하게 되었다.

그곳에서 몽실이를 만났다. 처음 한두 달은 서로 아는 체하지 않았다. 그러다가 먹을 것이 있으면 갖다주고 머리도 쓰다듬어 주고 하니 어느 날부터 출근하면 일하는 나를 따라 현장마다 쫓아다녔다. 실을 달고 있으면 옆에 앉아 일하는 나를 지켜보았고, 눈이 마주치기라도 하면 미소 짓듯 꼬리를 흔들었다.

그날도 몽실이는 온종일 나를 쫓아다녔고, 그리고 퇴근 무렵이었다. 공장문을 열고 나서는데 몽실이가 꼬리를 치켜세우고 따라왔다. 손을 저었다.

"몽실아, 아줌마 집에 가는 거야. 오지 마."

그러자 말끄러미 쳐다만 보더니, 다시 걸음을 떼니 또 쫓아왔다. 공장과 우리 집은 걸어서 10분 거리다. 몽실이는 그날 처음 집까지 따라왔다.

"몽실아, 잘 가."

그러자 힐끔 한 번 쳐다보더니 되돌아갔다.

다음날 출근하려고 대문을 나서는데 몽실이가 앉아있었다. 나를 보자 꼬리를 흔들더니 꼬리를 세우고 살랑살랑 좌우로 흔들며 앞서간다. 그러고는 퇴근 시간이 되면 어디서 놀다가도 그 시간을 딱 맞추어 온다. 개들끼리 놀다가 '우리 집에서 일하는 아줌마 퇴근시켜야 해' 하며 달려오는지 퇴근 시간을 칼같이 맞춘다.

일요일 아침 어슬렁거리며 대문에 나가보니 몽실이가 와있었다. 그러고는 나를 쳐다본다. 손을 저으며 말했다.

"몽실아, 오늘 아줌마 일요일이라 안가. 어서 집에 가."

그러자 알아들었다는 듯 집으로 간다.

그런 몽실이를 보고 공장 사장님께서는 이슬네가 주인 같다며 가져가라고 하였다. 몽실이를 집으로 데리고 와 목줄을 해서 묶어 놨다. 그러자 몽실이는 하루 온종일 밥도 안 먹고 땅바닥에 널브러져 꼼짝하지 않았다. 마당에 버려진 마대 걸레처럼 말이다. 세상 다 살았다고 낙망하는 모습에 불쌍해서 목줄을 풀어주니 뒤도 돌아보지 않고 공장으로 가버렸다. 그리고 아침이면 나를 데리러 우리 집 대문에 와 있다.

몽실이는 내가 휴무 날 칠성산으로 운동 갈 때도 따라온다. 어디서 나를 지켜보고 나타나는지, 기가 막혔다. 내가 집만 나서면 어디선가 다가와 꼬리를 치켜세우고 앞서간다. 장난삼아 모퉁이에 숨어버리면 앉아서 기다렸다가 나를 찾아 되돌아온다. 신기하게 잘 따르는 영리한 개였다.

몽실이는 가끔 가교 냇가에서 동네 개들과 어울려 뛰어다니며 놀기도 하였다. 그러다 온몸에 가시투성인 도꼬마리 씨를 묻혀 나를 찾아오곤 했다. 내가 그 도꼬마리 씨를 다 뗄 때까지 잔소리를 들으며 몽실이는 가만히 누워있었다.

몽실이는 남의 개지만 우리 집 개마냥 나를 매일 출퇴근 시켜주었다. 그렇게 우리 인연은 3년이 흘러갔다.

아침에 공장을 나서는데 대문에 몽실이가 없다. '이 녀석 어디서 노는데 정신 팔렸구나' 하며 출근하였다. 그날따라 공장에서 일하는 내내 몽실이의 모습이 보이지 않았다. 그리고 며칠이 지난 후 사장님을 통해 몽실이 얘기를 들었다. 공장 언니가 마곡으로 운동하러 가는 데 따라나섰다가 교통사고로 죽었다고 하였다. 그래서 산에 묻었다고 하였다. 순간 머릿속이 하얘졌다. 누군가를 짝사랑하면 한쪽 가슴이 아프듯 나도 몽실이의 죽음을 듣고 매우 아팠다. 몽실이의 흔적을 마음에서 지우기까지 한동안 내 주위를 두리번거렸다.

누군가가 나에게 "개 혀?" 한다면 "아니요. 안 해요. 예뻐하면서 고 녀석 맛있게 생겼다 할 수 없잖아요."

요즘 들어 봄 날씨가 활짝 피지 못하고 우중충하다. 갑자기 예전의 몽실이가 떠올라 내 마음에 우울을 펼쳐놓는다.

"태양아, 그만 고집 피우고 봄꽃에 반짝반짝 조명을 비춰다오. 내 마음도 덩달아 밝아지게 말이야. 몽실아! 저 하늘에서 멋진 꼬리를 세우고 사뿐사뿐 걷고 있니? 구름 속에서 너를 찾아본다."

🦋 새로 꾸민 집

가교리로 시집올 때만 해도 시댁 집은 옛날 가옥이었다. 벽은 나무를 엮어 그 위에 황토를 바르고 지붕은 파란색의 양철지붕이었다. 결혼생활을 하며 아이를 둘 낳는 동안까지도 문살에는 창호지를 발랐다. 부엌에는 거북이가 엎어져 있는 것처럼 크고 작은 가마솥이 여러 개 걸려 있었다. 그리고 부엌 한쪽에는 땔감을 놓는 나무 광도 있었다.

서울에서 살다 남편 하나 보고 시골로 시집왔다가 개고생이 무엇인지 알게 되었다. 겨울에는 부엌이 너무 추워 코트를 입고 밥을 하러 나왔다가 지금까지 묵혀놓은 놀림거리가 되었다.

그러다가 경기도 이천으로 분가했다. 그러나 남편의 고향 향수병 때문에 몇 년 버티지 못하고 다시 가랏마을로 내려왔다. 시어머님이 사시던 집을 헐어 현재 살고있는 집을 지었다. 남편이 건축업자였고 그때 당시는 신고제여서 직접 설계도를 그리고 남편과 함께 손수 지은 집이라고 할 수 있다.

그렇게 아이들과 살면서 새집이니 고칠 일이 없을 줄로 여겼다. 그러나 살다 보니 공간이 좁게 느껴졌고, 그래서 벽을 붙잡고

엿가락처럼 늘리고 늘려놨더니. 그 사이 아이들은 자기 삶을 위해 나가버리고, 이제는 청소하기만 버거운 운동장이 되어버렸다. 쓸데없이 걸어 다니느라 다리 아프고 힘만 빠졌다. 어느덧 집을 시공한 지 20여 년이 되어갔다.

딸아이가 직장생활을 하면서 모은 돈이 있다며 이참에 벽지와 장판도 바꾸고 네 짝의 부엌문도 없애자고 한다. 집을 지을 당시 유행했던 현재에는 촌스러움의 극치를 달리고 있는 낡아빠진 벽장도 빼버리자고 하였다. 남편과 나는 딸아이의 말을 귀담아듣지 않았다.

집안 내부가 아직은 도배, 장판도 깨끗하고 평온하게 잘살고 있는데 긁어 부스럼을 만들 필요가 뭐 있나 싶었다. 더욱 집안에 배치된 짐들을 다 빼낼 생각에 미리부터 두통이 밀려왔다. 그렇게 몇 년을 흘려보내다가 결국 딸한테 설득당했고, 일을 벌였다. 혹시나 하는 마음에 딸아이가 결혼할 예비 사위라도 데려올지 몰라 미리 준비하는 것도 나쁘지 않겠다는 생각이 스쳤다.

먼저 거실 창문을 낮추는 일부터 시작해서, 부엌문을 떼어 거실과 부엌의 경계를 없앴다. 이런 현장 상황을 물주인 딸한테 사진을 찍어 전송하며 보고했다. 보내온 사진을 보며 다른 건 만족해하는데 거실장은 빼지 않느냐고 난리를 쳤다. 분명 내가 엄마가 맞는 거 같은데, 잔소리와 지적을 받을 때면 위치가 뒤바뀐 거 같다. 완전 잔소리꾼에다 비호감이다.

남편은 수납하기에 유익한 공간이고 원목으로 비싸게 한 걸 왜 빼야 하냐며 딸과 팽팽한 줄다리기를 벌렸다. 남편은 그 공간을 엄청나게 사랑한다. 손에 잡히는 데로 그 거실장에 올려놓는다. 솔직히 그 장식장은 수납장이 아닌 남편의 쓰레기통이다. 내가 무서워하는 귀신이 나올 거 같은 분위기를 연출하는 곳이기도 하다. 딸아이와 남편의 중간에서 나는 새우등이 터질 상황이 되었다.

그런데 남편이 딸아이 한마디에 아무 말 없이 거실장을 해체하기 시작했다. 딸이 거실 벽장을 빼내지 않으면 공사비용을 주지 않겠다고 한 것이다. 남편은 바짝 세웠던 꼬리를 얼른 바지 속에 구겨 넣었다. 남편과 나는 벽돌 사이로 단단히 박힌 장 못을 빼가며 죽을힘을 다해 벽장을 해체할 수밖에 없었다.

역시 돈의 힘은 위대했다. 그렇게 해서 거실문도 바꾸고 벽장도 빼내고 부엌 턱도 없앴다. 방마다 화이트 벽지로 도배하고 거실에는 화이트 벽돌 모양으로 포인트를 주었다.

남편은 이번 공사를 만족해했지만 나는 부엌 싱크대를 바꿔야 완벽한 리모델링이라고 옆구리를 살살 긁었다. 남편은 말짱한 싱크대를 떼어내고 새로 교체하는 건 낭비라고 하였다. 그런데도 포기할 거 같지 않으니 선심 쓰듯 일자형으로 하라고 당부하는 거였다.

나는 기왕 할 거 '기역' 자로 하면 공간 활용이 더 쉽다고 거품을 물었다. 하지만 벽창호 남편한테는 소귀에 경 읽기였다. 고집불통, 타협을 모른다. 아내 몰래 소 심줄을 삶아 먹은 것이 분명

했다. 남편은 '기역' 자로 하면 문틀에서 툭 튀어나와 보기 싫다고 하였다. '기역' 자로 하면 죽을 줄 알라며 일침 놓고 출근하였다.

남편 앞에서는 당연히 고개를 끄덕이며 선한 표정으로 검은 속내를 감추었다. 사람이 한번 태어나면 어떤 백도 통하지 않는다. 반드시 한 번은 죽음의 길을 간다. 기왕이면 기역자 싱크대를 하고 원 없이 죽는 것이 나을 거 같아 내 맘대로 하기로 하였다.

퇴근하고 돌아온 남편은 부엌을 보더니 의외로 만족스러운 표정을 지었다. 남편의 생각과 전혀 상반되게, 싱크대가 집안 분위기를 훨씬 세련되게 만들었기 때문이다. 아무튼, 내 안목은 칭찬받아 마땅하다고 본다.

딸아이 덕분으로 리모델링을 해서 집안이 도시의 아파트처럼 편리하게 됐다. 리모델링한 집 구조에 익숙지 않아 부엌 문턱을 의식해 문턱 위치에만 서면 무의식적으로 발을 드는 바람에 한동안 웃지 못할 헤프닝이 벌어지기도 했다.

공사를 마무리하고 난 후 딸아이는 집안 분위기는 어떠냐고 물어왔다. 과거에는 황토색이 유행이라서 황토색 벽지여서 포근한 느낌을 받았었다. 그런데 지금은 화이트라 왠지 상갓집 분위기라고 솔직하게 말했을 뿐인데 화를 내는 건 뭔 경우인지.

그리고 벽에 못만 박았다 하면 불같이 화를 내며 단번에 못을 빼버린다. 딸은 벽에 무엇 하나 걸지 말라고 하였다. 불현듯, 내 집은 내 집인데 내 것도 아니고 남의 것도 아닌 경계가 모호하다는 생각이 들었다.

나는 그림을 좋아한다. 그런데 그림은 아주 비싸서 좋아만 하지 두 점밖에 집 안에 걸지 못하였다. 그래서 얼마 전 남산에서 시화전을 마치고 집으로 배달된 시화를 그림 대신 벽에 붙이기로 마음먹었다. 급하게 동참한 거라 한 점밖에 못 해서 이번 기회에 그동안 써놓은 시 모두를 시화 제작을 주문했다. 남이 그린 그림보다 내가 쓴 시화로 집을 꾸민다는 것. 너무 멋진 생각 아닐까? 시화 제작이 가능하다고 해서 10여 편을 더 제작해 액자를 만들었다. 감동의 물결, 쓰나미는 저리가라였다. 요즘은 내가 시화 읽는 재미로 산다.

딸아이는 요즘은 바빠 집에 다니러 오지 못한다. 기회는 이때다 싶어 넓은 벽에 실컷 못을 박았다. 속이 다 시원했다. 벽마다 내가 쓴 시화가 방긋방긋 웃고 있다.

이것을 딸아이가 와서 본다면 기절초풍할 노릇이고 천둥을 몰고 온 스콜이 집안 전체를 흔들 것이다. 그러나 이미 벽에 박힌 못을 빼낸들 처음으로 돌아가지 못한다. 시화를 내리는 순간 벽에는 까만 탄피 자국이 다닥다닥, 그다음은 상상에 맡긴다.

"엄마, 거실문도 내 것. 장롱도 내 것. 이것도 저것도 다 내가 투자한 돈으로 장만하고 만든 거네. 엄마, 아빠건 없으니까 빈손으로 나가야겠네."

딸아이가 놀리듯 말한다.

"뭔 소리, 네가 내 것인데!"

🌰 고추 모 이식하는 날

6일 근무를 하면서 낙이라면 매주 일요일을 기다리는 것이다. 일요일, 그 하루만큼은 빡빡한 일정에서 벗어나 늦잠도 자고 나만의 시간을 여유롭게 즐길 수 있어서다. 그런데 이번 주는 그 달콤함이 사라지고 말았다. 품앗이하는 집안 형님께서 일요일엔 고추 모 이식을 한다는 통보를 해왔다. 게으름 피우지 말고 일찍 준비하고 아홉 시 전까지는 정길네 하우스로 오라고 신신당부하셨다.

겨울 동안은 농한기로 직장에만 몰두할 수 있어 마음도 몸도 편했다. 그런 행복은 햇살이 온화해지고 들녘에 뾰족뾰족 봄 손님들이 하나둘 찾아오면서 끝이 났다. 이제는 농번기 시작으로 흙먼지 뒤집어쓰고 뼛골 빠질 일만 남았다.

다음날의 고추 모종 이식을 위해 토요일 밤 심야 드라마도 포기하고 일찍 잠자리에 들었다. 동트기가 무섭게 집안일을 대충해놓은 나는 엉덩이 받침을 들고 과일 찍어 먹는 포크도 들고 장길네 하우스로 갔다.

부지런한 마을 형님들은 벌써 와서 목판에 고추 모종 이식을 하고 계셨다. 코로나 때문에 두문불출하였다가, 요즘 이렇게 모이니 다들 입가에 모터 장착하고 수다 삼매경에 빠졌다.

직장생활에 쫓기며 살던 나도 다르지 않았다. 고추 모종 이식이라는 명분으로 마을 형님들을 만나니 숨통이 트이는 거 같다. 그동안 산촌도 코로나에서 벗어날 수 없었다. 가까운 집에 마실 가는 거조차도 눈치 보였다. 정부의 거리 두기 확산이 마을 길에서 사람을 만나면 짧은 인사마저도 부담을 갖게 하였다. 눈인사만 얼른 하고 눈치껏 그 자리를 벗어나야만 했다. 하루빨리 코로나가 잡혀야 할 텐데, 시골 인심마저 각박해져 가고 있다. 이러다 사람을 회피하는 문화로 바뀔까 걱정될 지경이다. 사람이라면 서로 더불어 살 때 활력이 넘치고 행복해지는 거 아닐까.

고추 모종 이식 도구는 포크이다. 두 사람이 한 조가 되어 목판을 사이에 두고 마주 앉아서는 포크를 사용한다. 빈칸에 고추 모를 심는 작업이다. 작년 이맘때도 형님의 부름으로 고추 모를 이식했었다. 그런데 어찌 된 까닭인지 고추 모종이 병들어 말라 죽는 사태가 벌어졌다. 그러자 마을 형님들은 죄다 나를 범인으로 지목했다. 초보자라서 모를 깊이 심지 않았고, 그래서 모가 뿌리를 내리지 못하고 말라 죽었다는 것이다. 억울했지만 나는 입이 있어도 변명하지 못했다. 나 또한 농사일에 경험이 부족한 나를 불신했고, 형님 말씀이 다 옳은 거 같기도 했다. 온종일 열심히 일해주고 일 년 농사를 망쳐버린 죄인이 되었었다. 하지만 그런 일은 작년 한 번으로 족했다. 이번에는 내가 심은 건 표시해 달라고 요구했다. 그러나 아무도 내 말에 신경을 쓰지 않았다. 완전 속 터질 일이었지만 더 우기지 못한 채 조용히 목판에 고추 모종을 심었다.

시골 일은 온전히 몸으로 하는 중노동이다. 고추 모종이야 앉아서 목판에 강보에 싸인 아기를 달래서 옮겨놓은 일이라 구경꾼 관점에서 두 손만 까닥거리는 식은 죽 먹기로 보인다. 사실 머리 쓰는 일은 아니어서 두통을 유발하지는 않는다. 그러나 고추 판을 가져오거나 목판에 흙을 보충할 때 몸을 일으키면 우두 두둑 뼈마디에서 부서지는 소리가 들린다. 경직됐던 몸이 움직이려니 고통은 몸무게와 비례한다. 나야 당연히 살을 많이 가지고 있는 관계로 뼈마디에 압박이 남들보다 두 배다. 이럴 때 호리호리한 형님들은 혼자 일 다 하느냐고 핀잔하신다.

새파랗게 푸르던 날에는 농사가 싫었다. 지금도 그렇게 좋은 건 아니지만 있는 땅 놀릴 수 없다는 생각이다. 직장을 그만두거나 남편 일이 없을 때는 농사라도 지을 수 있어서 위안이 된다. 노는 것도 하루 이틀이지 싶을 때 시간 때우기 좋고 가정경제에 도움도 되고 직거래를 트면서 농사도 경쟁력이 있다는 걸 깨달았다.

더욱 나이 들어 퇴직하면 돈 벌 기회도 적어지는데 농사라도 있으니 퍽 다행이다. 다른 건 몰라도 자급자족하니 먹고사는 문제는 기본적으로 해결된다. 연륜에 밥그릇이 채워질수록 농사는 위안이 되고 의지가 된다. 그런데도 태양을 맞서야 하고 흙을 동무 삼아야 하는 쉽지 않은 농사여서, 아직도 나는 여전히 낯가림이 심하다.

비록 형님 등쌀에 못 이겨 끌려왔지만, 재미가 출렁거렸다. 하우스에는 화기애애한 분위기 속에 먼지와 수다가 뒤범벅되었다. 암갈색투성이이던 흙에는 어린 모가 연둣빛 옷을 차려입고 옹기종기 모여 무척이나 상큼하였다. 형님들은 고추 모 하나에서 몇 개의 고추가 열게 될지 벌써 설렌다고 하신다. 그 설렘으로 농부들은 농사를 짓나 보다.

여러 손이 보배라고, 멀게만 느껴졌던 고추 모 이식은 오전에 마쳤다. 그리고 우리는 하우스 바닥에 돗자리 깔고 빙 둘러앉았다. 점심은 식당에서 배달해온 얼큰한 동태찌개. 두 손에 흙을 묻혀가며 노동했더니 점심 밥맛은 꿀맛이었다.

"제가 고추 모 심는 실력이 나날이 좋아지고 있어요. 저를 일꾼으로 품사세요."

"올해 이 동네 고추 모 심는 건 이걸로 끝이야."

형님들이 초보 농부의 의욕을 흙바닥에 패대기쳤다. 그러니 고추 모 이식은 매년 연습만 하다 정작 실력 발휘는 저만치 내년으로 미뤄지고 만다. 한 해 농사의 문을 가교리 마을은 고추 모 이식으로 출발하였다. 농부의 얼굴 가득히 봄 햇살이 내려앉는다.

🍃 시인 등단

무식하면 용감하다고, 멋모르고 첫발을 내디딘 문학, 생각처럼 쉽지 않았다. 나에겐 히말라야보다 더 높은 산이었다. 그런데도 열정은 남달랐기에 도전의 불씨를 안고 거침없이 덤벼들었다. 그러기를 일 년 반이 되어서야 계속 튕겨 나오던 것이 언젠가 문학사와 코드가 맞아 합격통지서를 받을 수 있었다. 그땐 다 가진 듯 기뻤다. 왜 안 그랬으랴! 직장과 집, 그리고 농사밖에 몰랐던 아주 평범한 아줌마가 시골 아낙이 아닌 수필가라는 훈장 하나를 얻었으니 기쁘고 펄쩍 뛸 일이 아니었으랴.

그렇게 5년의 세월을 강물에 내맡긴 채 흘러가면서 가끔은 감동을 주고 마음을 다독이는 시를 만났다. 그러면서 시도 아니오, 푸념도 아닌 정체성이 불투명한 글을 문학 카페 예비방에 올리게 되었다. 이를 보다 못한 고수의 시인 선생님께서 문학적 기질은 타고났으니 본격적으로 공부해보라고 권하셨다. 아마도 시도 아닌 글을 써대니 안타까운 나머지 지나가는 말인 것처럼 하였으리라.

그런데 나는 그 말을 진심으로 믿고 나름대로 독학으로 열심히 공부하였다. 결국은 그 길을 따라 걷다 보니 풀꽃 학교까지 흘러

들어왔다. 독학으로 익히다 전문적으로 문학 하는 사람들과 소통하고 그들의 시 세계를 엿보고, 그러다 보니 내 글은 갈수록 질이 좋아졌다. 더욱이 시 낭송까지 공부하면서부터 많은 문인을 만나고 문학의 길에 함께할 여러 동행자도 생겼다.

무엇보다도 내가 날로 발전에 발전을 거듭하고 있다. 그 결과 누구의 추천도 없이 오로지 오기만 가지고 공모전에 뛰어들었다. 분명 나는 명작을 보냈는데 무소식이다. 원고를 보낼 때마다 발로 뺑 차여 문밖에서 뒹굴었다. 보내고 기다리고 좌절하고 그렇게 세월을 죽이고 있으면서도 열심히 학구열을 불태웠다.

그 결과 심사위원도 불쌍하게 여겼는지 드디어 답장을 보내왔다. 나는 수필가가 된 지 5년 후, 시인이 되었다. 얼마나 바라던 바였는지. 이젠 내 꿈은 조금씩 날개를 펴고 있다. 섣불리 비상하려 하지 않는다. 더욱 학문을 파서 우주에 꽃씨를 뿌리는 한 사람이 되고 싶다. 필명을 원하는 것이 아니다. 내가 정식으로 시인이 되고 다른 사람의 공감을 일으키고 내 글로 인해 누군가는 상처에 도움이 된다면 좋겠다. 물론 헛소리하지 않고 내 글에 책임도 져야 한다.

책임이 막강하지만, 지금은 해냈다는 한 가지에만 기뻐할 일이다. 다행인 것은 내 주위에 실력 있는 문인들이 계시고 나태주 님께서 스승이라는 것이 커다란 행운이라 여긴다.

시란 내가 쓰고 싶어서 쓰는 것이 아니라 시가 나를 부리는 거라 하였다. 글이란 신기로 쓰는 것이라 말한다. 불현듯 뜨거운 열기로 다가와 훅 달아오르고 사라지기 때문이다.

정식 시인의 이름표를 달았으니 우주의 한 귀퉁이, 가교리 마을에 작은 들꽃으로 피어나리라.

2019년 11월 1일 맑음, 풀꽃 학교를 다녀와서

🌿 빗속에 서 있는 그녀

바람의 살랑거리는 몸짓이 보인다. 가을들녘엔 벼들이 농부의 노고에 보답이라도 하는 듯, 노란 낯빛으로 정중히 고개 숙이고 있다. 9월의 산에는 박장대소하는 것들이 주렁주렁 열렸다. 갈색빛 밤송이가 입을 하얗게 벌리고 난타를 친다. 알밤이 툭, 투둑, 땅을 두드리는 가을 산의 리듬. 고요가 흐르던 가교 산 곳곳에서 농부의 수확 설렘이 메아리로 돌아다니더니 산의 등을 올리고 있다.

알밤 택배는 해마다 추석이 지난 후 시작하였다. 올해는 명절이 9월 말경에 닿아있다. 하므로 예년처럼 그때 판매를 시작하면 곤란하다. 택배 주문을 많이 받을 수가 없다는 계산이 나온다. 얼마 전 가교 새댁회 때 어느 친구가 알밤 팔 계획을 말했다. 추석 선물용으로 일찍부터 알밤을 팔 계획이라고. 그 이야기를 귀담아두고서 우리도 알밤 판매를 일찍 시작하리라 계획 세웠다.

모임을 마치고 집으로 돌아와서는 작년에 알밤을 구매한 고객 명단을 찾아 '추석 선물용 알밤 판매합니다'라고 문자와 카톡을 보냈다. 다음날부터 소식을 접한 사람들이 알밤 시세를 물어오며 주문이 하나둘씩 들어오기 시작하였다. 주로 학교 동창 고객의 주문이 많았다.

요즘 남편은 출근하느라 바쁘다. 그래서 혼자 알밤을 줍고 선별하고 포장하고 분주하게 보내고 있다. 오늘도 산에서 혼자 땀을 흘리며 알밤을 줍고 있는데 핸드폰이 울렸다. 바탕화면에 중학교 3학년 때 짝꿍이었던 그녀의 이름이 뜬다.

그녀를 만난 건 중학교를 졸업하고 서울로 이사하고 결혼도 한 후인 32년 만에 동창생 밴드를 하면서다. 그녀의 모습은 32년의 세월이 무색할 만큼, 오월의 산처럼 상큼했다. 어깨까지 내려온 생머리를 질끈 묶고 까만 안경을 끼고 화장기 전혀 없는 맑은 피부. 어쩜 그녀는 소녀 때의 조용한 말투까지 변함이 없었다.

같은 시절을 함께 보내고 같은 지역에서 살았다는 추억이 우리 사이를 단번에 가깝게 하였다. 그리고 작년부터 그녀는 나에게 알밤을 주문하는 단골손님이 되었다. 처음에는 '공주 알밤'이라고 내가 먼저 선물을 하였는데, 그 후 그녀 남편은 내가 직접 농사지은 공주 밤만 사수하는 고정고객이 되었다.

그녀의 전화를 반갑게 받았다. 6월에 청량리에서 모 등단 식이 있었는데 그 소식에 단걸음에 달려온 그녀였다. 영등포에서부터 꽃다발을 가슴에 안고 찾아온 고마운 친구였다.

"친구야, 오랜만이다. 몸은 괜찮고?"

"말도 마라 우리 집에 엄청난 일이 생겼다."

그녀는 얼마 전 남편이 간암 3기로 수술을 하였다고 했다. 그리고 수술 후 문제가 생겨 다시 개복해서 재수술하였다며 지금은 회복 중이라 하였다.

그녀의 남편은 사업을 하다가 실패하고 지금은 친구가 운영하는 회사에 다닌다고 하였다. 사업을 정리하면서 빚 청산을 위해 살던 집을 팔았는데, 현재는 시댁에 들어가 살고 있다고 했다.

그리고 그녀도 현재 유방암 투병 중이라 마음이 아팠다. 마음이 착하고 배려심 많은 그녀에게 연속으로 불행이 닥치다니…. 조용한 성격 때문인지 그녀는 호들갑을 떨지도 않았다. 전화기 너머로, 그저 남 얘기하듯 담담하게 이야기를 풀어놓는 그녀. 그 목소리가 조용하면서 맑기까지 하였다. 도리어 화들짝 놀라 위로하는 내 말투가 울먹울먹 흔들릴 뿐이었다.

"정신없어서 네 카톡을 오늘에야 보았다. 알밤을 판다며? 우리 집으로 하나 보내줘?"

"넌 이 상황에서 알밤이 사고 싶니?"

그녀의 안타까운 현실도 알지 못하고서 눈치 없이 카톡을 보낸 내 잘못이 크다. 하지만 전화기 너머의 그녀는 유쾌하게 웃는다.

"남편이 공주 밤이 먹고 싶대. 병문안 온 고마운 분들께 선물도 하고 싶다고 하고."

그녀의 말을 듣고 추석 선물로 한 상자 보내 주겠다고 하였다. 그러자 힘들게 농사지었는데 하나라도 팔아야 한다며 극구 사양하는 것이 아닌가.

"그러면 지금은 선물로 받고 늦밤 나오면 그때는 사서 먹고 선물도 하고 해라. 나 이 정도는 베풀고 살아도 굶지 않는다."

그렇게 껄껄거리자 그녀도 알았다며 따라 웃는다.

그녀와 남편의 건강이 하루빨리 회복되고 그녀 가정에 좋은 일만 가득했으면 하고 빌어본다. 왜 착하고 순한 그녀에게 불행의 먹구름이 걷히지 않는 걸까. 그녀의 유방암 선고와 친정엄마의 병환, 얼마 전엔 자식의 대수술 그리고 몇 개월 후 그녀 남편 간암 수술까지, 한숨이 한 말이나 입에 걸렸다.

'하나님, 이제 그녀에게 시련은 이것으로 끝내면 안 될까요. 착한 그녀에게 너무 가혹하세요. 이제 그만요.'

구름 한 점 없는 파란 하늘에 간절함을 담은 기도를 올려본다.

처음 번개팅에서 그녀를 만났을 때, 농부로 사는 내 모습이 동창들한테까지 알려지는 것이 창피하다고 했다. 이렇게 나를 찾아오는 동창들과의 왕래가 사실은 부담된다고. 그러자 그녀는 '시골에 사는 것이 뭐 어때서?'라며 현재의 너를 부러워하는 친구도 많다고 격려해 주었다.

그녀는 나에 관하여 '내가 모를 뿐 많은 걸 가지고 있는 행복한 사람'이라고 말해주었다. 어리석게도 그때는 그 말을 이해하지 못하였다. 최고의 부러움은 많은 돈과 높은 학력도, 어디서 사느냐가 아니라 현재 상황을 만족하며 열심히 살아가는 것. 그리고 가족의 건강이라는 걸 그녀를 통해 뼈저리게 느꼈다.

그동안 나는 남의 눈을 의식하며 살았다. 내 겉모습이 그들에게 어떻게 보일까, 하는 허세에 절어 있었다. 하지만 그녀는 살아 숨 쉬는 것만으로도 감사하다며 나보다 백배는 성숙한 어른의 마음을 갖고 있었다. 지금 그녀에게 밀려오는 쓰나미. 하지만 퍽 다행이다. 당당히 시련에 맞서 극복하려는 대한의 강한 아줌마 근성. 그녀에게서 그것이 엿보인다. 전화기 너머로 간간이 들려오는 그녀의 웃음소리. 힘든 상황에도 유머를 잃지 않아 안심되었다.

그녀가 있는 곳, 시련의 문장으로 내리는 폭우가 어서 빨리 그쳐주길….

🌿 남편의 무거운 입 시누들의 방문

나는 시누이 다섯에 외며느리다. 남편과 결혼하고 줄곧 시부모님과 함께 살다가 시아버님께서 먼저 돌아가시고 그 후로 현재까지 시어머님과 함께 살고 있다. 집안에 어른이 계셔서 그런지 우리 집은 유독 손님들의 방문이 잦다. 특히 시누들은 개개인이 방문하는 게 아니라 서로 약속하고 무리 지어 온다. 그리고 그 방문 일정의 대부분은 내게는 전혀 통보도 없이 남편과의 통화로 이뤄진다.

남편은 어려서부터 마곡사와 가까운 곳에서 살아서인지 때때로 무언 수행을 일삼는다. 입이 무거운 건지 시누들과 약속하고도 까마귀고기를 먹어 잊어버리는지, 시누들의 방문 일정 계획은 늘 올케인 나한테까지는 전달되지 않는다.

그렇다 쳐도 집에 손님이 오기로 했다는 이야기는 아내한테 해야 하지 않을까? 손님 맞을 준비인 집안 정리 정돈과 음식 준비할 시간은 줘야 하지 않을까? 그런데 남편은 우리 집을 방문하겠다는 시누들 전화를 받고도 늘 어떤 언질도 없다. 그래서 완전 무방비 상태로 있던 나는 시누들이 들이닥치고서야 화들짝 놀라 손님을 치르느라 허둥대기 일쑤다.

막내 시누한테 전화가 왔다. 이번 주 토요일에 막내 시누와 둘째 시누 그리고 시누의 둘째 아들을 비롯하여 그 예비 며느리까지 친정인 우리 집을 방문할 예정이라고 하였다. 시어머님이 계시니 결혼하기 전에 인사를 오려는 모양이었다.

그런데 그날이 하필 딸 부부가 일주일 전에 손자를 맡기고 데리러 오는 날과 맞물렸다. 게다가 돌아오는 월요일에 나는 서울에 있는 대학병원에 암 전이검사 예약이 되어 있다. 딸 부부는 우리 집에서 하룻밤 자고 다음 날인 일요일에 일찍 출발해서 함께 서울로 가자고 약속되어 있었다.

유방암 수술한 지 일 년이 되어간다. 전이검사를 앞두고 마음이 급격히 불안하고 신경이 곤두서 있다. 아무 음식이나 먹지 못할뿐더러 전날부터 금식해야 했다. 이 상황에서 북적북적 손님을 치른다는 것이 부담되었다. 아니 말이 안 되는 일이었다. 나는 막내 시누에게 다른 날로 다시 잡아서 연락을 달라고 하였다. 막내 시누는 알겠다고 하였고, 그리고 통화를 끝냈다. 막내 시누와 그렇게 통화를 마쳤기에 내 상황이 전달된 것으로 알았다.

그런데 토요일 오후 두 시경이 되었을 때 논에서 일하다가 들어온 남편 말이, 시누들이 지금 오고 있다는 거였다. 남편은 이미 며칠 전에 시누들과 통화를 했고 이번에도 아내 몰래 약속을 잡아 놨다.

이 상황에서 놀라지 않을 사람이 어디 있을까. 집안은 손자로 인해 어지럽혀져 있고 음식 준비도 하지 않았다. 거기에 금시초

문으로 일박까지 하고 간다고 한다. 예비 신부가 처음 외할머니께 인사하러 와서 자고 간다는데 미리 세탁해 놓은 이불도 없다. 순간 머릿속이 하얘졌다. 정신없이 이불을 꺼내 세탁기에 돌리고 건조기에 넣었다. 남편한테 화낼 틈도 없이 손자를 태우고 공주 시내에 있는 마트로 달려갔다. 만들어 놓은 반찬을 사고 샤부샤부용 소고기와 버섯도 샀다. 그러는 사이 갑사 사는 넷째 시누가 와서 개수대에 쌓아놓은 설거지를 해놓았다.

공주에서 시장을 보고 집에 도착한 지 얼마 되지 않아 일산에 사는 시누들이 들이닥쳤다. 그리고 딸 부부까지 도착하자 집안은 단번에 시장통이 되었다. 나는 정신이 없었다. 몸이 바람을 만난 듯 비칠거렸고 어지럽기까지 했다. 그런 상황에서도 거실에 음식을 한 상 차려내었다. 딸 부부는 집안의 북적임이 불편했는지 손자를 데리고 공주 시댁에서 자고 오겠다고 갔다. 딸 부부가 가고, 몸 상태가 좋지 않아 방에 가서 누웠다.

밖에서는 시누들과 남편, 예비 신랑 신부가 술잔을 부딪치며 시끌벅적 한바탕 잔치가 났다. 그들의 즐거운 웃음소리가 열어놓은 창문으로 봇물 터지듯 빠져나간다. 반면 나는 맘대로 음식도 먹지 못한 데다가 그들과 섞이지 못하는 외딴섬이어서 슬펐다. 남편과 결혼한 지 오래되었음에도 이런 자리에서는 늘 이방이라는 생각이 들었다. 그리고 아내에 대한 배려가 실종된 남편에 대해 서운함이 밀물처럼 밀려왔다. 아프면 모든 것이 서운해지나 보다.

🐦 불발

축산업을 오래 해도 만나기 어렵다는 쌍둥이 출산인데, 우리 부부에게는 한 번도 아닌 일 년 사이 두 번이나 일어났다. 첫 번째는 출산이 임박한 임신한 소를 샀더니 황소 쌍둥이를 낳았고 두 번째는 임신한 소가 출산했는데 이란성 쌍둥이를 낳았다. 어미 소 둘의 혈통은 한배에서 나온 자매지간이다.

축산업을 한 지 15년 만에 원 플러스 원, 로또를 맞은 것이다. 흔하지 않은 일이라 어미 소나 우리 부부나 당황하기는 마찬가지였다. 다행히 초기 대처를 잘한 덕에 한 달 뒤면 황소 쌍둥이가 엄마 품을 떠나 경매장을 거쳐 정착할 곳으로 떠난다.

신께서도 갱년기를 앓으시는지 만사가 귀찮은 모양이다. 아니면 몰아주기에 재미가 붙었는지도 모른다. 얼마 전 우연히 유튜브를 통해 나들목이란 프로그램을 시청하게 되었다. 그곳에서 뛰어난 미모를 겸비한 천상의 목소리 팝페라 가수의 무대를 보게 되었다. 다들 외모에 속지 말라며 판정단 대부분이 음치라고 확신했다. 결과는 완전히 까무러칠 정도의 능력자였다. 댓글을 보면 대부분 요즘 신은 무엇에 팔렸는지 한 사람에게 몰아주기를 한다는 거였다.

그랬다. 신은 우리 부부한테 선물을 주고 나서 다시 보니 착한 인성을 알아챘다.

"옜다."

금도끼, 은도끼의 산신령님과 한 족보였던 신은 첫 복주머니를 받은 기쁨의 여운이 채 가시기도 전에, 우리 부부한테 복주머니 하나를 더 던져주신 거였다. 그런데 저번에는 변화구도 잘도 받아내던 우리가 그만 자만에 빠지고 말았다. 신은 귀찮다는 듯 천천히 직구를 던졌음에도 우리 부부의 자만이 복주머니를 흙바닥에 떨어트리고 말았다.

'설마 이번에 또? 에이~ 그렇게 복이 많을라고….'

그런 식으로 우리는 소중한 경험을 무시하였고, 결국 한 생명을 지켜내지 못하는 커다란 실수를 저질렀다.

4월 말이 출산예정일인 암소의 배가 유난히 더 불렀다. 물론 나는 배려심이 많다(?) 아무리 때려먹어도 배가 부르지 않아 위장은 불만이 많다. 앞치마가 배고파야 그날 식탁이 풍성해진다고 늘 채워지지 않는 허기를 겪던 나는 물론 소도 다르지 않을 거라 확신했다.

배곯아 본 사람이 그 심정을 이해한다고 먹는 거만큼은 사람이나 동물이나 가리지 않고 퍼주는데 후하다. 유년 시절 가난이 나를 그렇게 만들었다. 그런 마음이 끼니때마다 인정사정 볼 것 없이 구유에 사료를 폭우로 쏟아준다. 그것도 남편 몰래 그런다. 걸리면 잔소리 폭탄을 피할 수 없다. 구유에 원 없이 주고 나면 소들의 배도 나처럼 남산만 해진다. 그때만큼은 이상하게 부메랑이 되어 돌아올 고지서 따위는 뒷전이 되고 만다.

그렇게 생각 없이 베푼 인심은 임신한 소가 출산할 때마다 폭탄으로 작용한다. 비만으로 자라난 태아가 좁은 자궁을 통과할 때 그때는 지옥 맛을 보는 것이다. 그 지옥을 코앞에서 경험하고 안절부절못하지만, 그땐 이미 때는 늦었다. 그걸 보고는 늘 다시는 그러지 않으리라고 각오를 다지지만 그리 오래가지는 못한다. 어미 소가 어렵게 출산을 마치고 나면 나도 모르게 사료 바가지에 인심이 끼어들고 반복적으로 죄를 짓고 만다. 아마도 나의 건망증은 불치에 가까운 것이 아닐까 한다.

전쟁이 쳐들어와도 천하태평인 잠꾸러기 아줌마는 소가 출산의 고통으로 생사를 오가든 말든 사료를 실컷 퍼주었으므로 일찍 잠자리에 들었다. 요즘 시 공부에 빠져서 모범생 흉내를 내느라고 머리는 바위를 이고 있는 듯했다. 화창한 날보다 먹구름 낀 날이 많아서 매일 두통을 애완하고 있다. 종종 내가 연구 대상이라는 생각이 든다. 이 머리로 어떻게 아이들을 기르며 살아냈는지, 그런 의문이 실시간으로 든다.

남편은 그런 아줌마는 아예 제쳐 두었다. 혼자서 집과 축사를 오가며 이리저리 어둠을 밀고 다녔다. 마치 반딧불이처럼. 그러고 다니면서 생중계도 잊지 않았다. 시청자가 수면 상태이거나 말거나 배려의 전원은 꺼버렸다. 아무튼, 눈치 없는 건 알아줘야 한다. 남편의 배려로(?) 몸은 침대에 눕혔지만, 현장에 있는 거나 진배없었다. 그런데도 산촌 아줌마는 꿋꿋하게 잠자리를 사수했다.

새벽 4시 무렵 남편은 어미 소가 순산했다며 기뻐했다. 어수선했던 집안 분위기가 언제 그랬냐는 듯 아주 잠깐 조용해졌다, 우당탕! 남편의 장화 발소리는 다시 계단에서 출렁거렸다. 벼락 치듯 내 방문을 박차고 들어오더니 앞뒤 말은 다 토막 내고 한숨부터 쏟아냈다.

좀처럼 가만히 있지 못한 남편의 가벼운 엉덩이는 어미 소의 출산을 마치고 갓 태어난 송아지를 수건으로 닦았다고 한다. 어미 소는 송아지를 핥으면서도 그 와중에도 힘주기를 반복했고 남편은 이미 출산을 마친 상태라 태로 오해했다. 잠을 설친 남편은 잠깐 눈을 붙이려고 들어왔다가 초유를 먹이기 위해 다시 축사로 나갔다.

남편이 집 안으로 들어가고 난 후 그사이 어미 소는 암소 한 마리를 더 낳았고 남편이 나갔을 땐 이미 제 몸을 싸늘히 식히고 있었다.

쌍둥이 중 어미 소의 자궁을 열고 나오는 첫째는 몸집이 둘째에 비해 작다. 아마도 둘째가 나오면서 사람이 없다 보니 시간이

지체되었고 양수를 많이 마신 것 같다고 했다.

　아무리 철면피라도 더 누워있을 수가 없었다. 놓친 고기가 더 크다는 옛말처럼 호흡 끊긴 송아지가 더 컸다. 이란성 쌍둥이 중에 황소는 살고 동생 암소는 어미 젖 한번 물려보지 못하고 애석하게도 이승의 뒷면이 되었다. 나는 남편 혼자 감당할 수 없는 무게를 함께 나눠 들고 가서는 송아지를 땅에 묻었다.

　그리고 나서 남편의 한숨 소리는 가교리 촌마을을 내려 앉힐 기세다. 조금 전 어미 소가 순산했다고 기뻐했던 표정은 온데간데 없다. 하나만 낳았다 생각을 고쳐먹을수록 우리 부부의 마음에는 욕심의 도둑이 들락거렸다.

　신은 우리 부부에게 두 번이나 축복을 내렸음에도 어리석게도 그걸 지켜내지 못했다. 설마가 우리 눈을 멀게 했고 묵사발을 만들었다. 그리고 어미 소에게도 미안한 마음이 한없이 올라왔다. 순산하라고 말해놓고는 제대로 산파 노릇을 해주지 못했기 때문이다.

　우주에 첫발을 내디뎠지만 서둘러 떠난 송아지나 자식 잃은 어미의 마음은 동물도 다르지 않을 것이다. 우리 부부는 어미 소를 볼 때마다 미안함에 가슴이 따끔거렸다.

　그리고 보면 복이 없다고 떠벌렸던 과거의 나를 회상하면 얼굴이 화끈거린다.

　신은 끝없이 인간을 향해 사랑의 화살을 쏘는데, 인간들은 그

것들을 판독하려 들지 않았다. 이번 사건으로 날 세웠던 교만이 제대로 정을 맞았다. 그래서 조금은 모서리가 뭉툭해지지 않았을까!

주변에 광석이 아무리 자갈처럼 널려있어도 그 가치를 알아보는 눈을 가지지 못했다면 결국 아무 소용이 없음을. 남한테는 흔한 행운이 나한테는 왜 가뭄이냐는 불평들, 결국 내 복 그릇을 밑 빠지게 한다는 걸 비로소 알게 됐다.

남편은 형님 내외분과 점심을 먹으며 우스갯소리를 한다.

"원래 소는 두 마리씩 낳는 거야. 한 마리씩 낳는 소가 어디 있나요."

그 말이 가시가 되어 양심을 찔렀고 마음 한편이 축축해졌다. 코 풍선을 불며 꿀잠만 연주했던 게으름뱅이는 입이 열 개라도 할 말이 없다.

🐾 요양병원의 점심시간

사회보험인 장기 요양보험이 시행되면서 시골 큰 도롯가마다 빈터였던 곳은 요양병원과 요양원이라는 이름으로 우후죽순처럼 생겨났다. 그 영향으로 농사일에만 전념하던 마을 사람들에게 새로운 일터가 생겼다. 나는 집과 가까운 곳에 있는 요양병원에 취직하여 주방에서 조리원으로 일하게 되었다.

조리사와 조리원 등 주방 근무자는 다섯 명이다. 근무 형태는 이틀 일하고 하루 쉬는 3교대이고 주로 한 명이 휴무에 들어가고 주방에서는 네 명이 근무하게 된다. 그래야만 조금은 수월하게 주방일이 돌아간다. 간혹 월차를 쓰거나 개인 사정으로 인해 두 명이 빠지는 일도 있는데, 그럴 땐 식자재 손질과 환자 식사의 세팅 일이 두 배로 바빠진다.

어제는 휴무였기에 일찍 출근하였다. 일요일인 오늘 근무자는 네 명이다. 다른 날보다 부담감이 가벼워져서인지 주방 분위기가 밝았다. 조리사님이 반찬을 만들어 내어놓으면 조리원들은 반찬을 그릇에 담아 배식대에 올려놓았다. 나는 오늘 환자 배식을 위한 세팅 담당이다. 밥차를 끌어다가 칸칸이 쟁반을 넣고 쟁반 앞에 환자의 카드를 늘어놓았다.

환자의 상태에 따라, 갈아서 만든 반찬에는 기본 반찬으로 들어가는 간장과 물김치를, 다진 반찬에는 카터기로 잘게 부순 반찬을, 그리고 일반식에는 일반 반찬을 세팅하게 된다.

요양병원에 근무하면서 느낀 것은 열심히 살아야겠다는 것과 먹을 수 있을 때 잘 먹어야 한다는 것. 그리고 무엇보다도 건강만큼 큰 재산은 없다는 것이다. 요양병원에 입원한 환자 대부분은 노인이고, 그래서 음식을 평범하게 먹지 못한다. 미음이나 갈아 만든 음식을 드시는 거다. 그런 모습을 볼 때마다 내 노년을 미리 보기 하는 거 같아서, 때때로 마음에 먹구름이 몰려오기도 하였다.

한때 오월의 나무처럼 열정과 패기로 주름잡았던 청춘이, 이제는 노쇠해져 휠체어 없이는 이동하지 못하는 노인이 되었다. 기구를 이용해 한발 떼는 것조차도 버거워하는가 하면, 하루하루 산소호흡기의 도움으로 견뎌내는 노년은 어떤가. 남의 손을 빌려야만 입에 음식을 들이는 노년은 또 어떤가.

아침 배식은 그런대로 조용히 넘어갔다. 주방에 들어가 주방 식구들과 함께 점심 준비를 위해 채소를 다듬고 썰고 나서 열 시 전부터 밥차에 쟁반을 넣고 환자 카드를 늘어놓았다. 일요일이어서 그런지 주방 전화가 불이 난다. 주로 입원환자들의 가족 방문으로 식사 취소가 주를 이룬다. 보호자가 병문안을 오면서 음식을 가져와 병원 식당에서 환자와 식사하거나 아니면 외출을 끊어나간다. 그도 아니면 환자의 식사를 밥에서 죽으로, 죽에서 밥으로 바꿔 달라는 전화다. 전화 받으랴, 카드 바꾸랴. 세팅하랴. 허둥대다 보면 선풍기가 열심히 바람을 일으켜도 소용없다. 어느새 땀으로 목욕하게 된다.

나는 주방에서 담아주는 반찬을 밥차에다가 세팅하고 마지막 코스로 밥과 국을 기다리고 있었다.

"빨리 밥 퍼주세요. 국이라도 먼저 주던지."

내가 재촉하자 조리사님은 너무 이르다고 하셨다. 일찍 세팅해 놓으면 밥이 식어서 입원실에 올라가면 떡이 된다며, 내 성급함을 나무라셨다. 그런데 조리사님께서 맘이 변하셨는지, 밥을 퍼주겠다고 하더니 주방 안에 있는 가스 밥솥에서 솥을 꺼내려고 두꺼운 장갑을 꼈다.

그런데 두 사람이 솥단지 손잡이를 잡자마자 화들짝 놀라는 거였다.

"밥솥이 차가워."

순간 조리사님의 낯빛이 노을처럼 붉어졌다. 가스 솥에 쌀만 넣고 스위치 작동을 하지 않은 거였다. 마음이 급해진 조리사님은 솥을 꺼내 가스 불에 올렸다.

"막내가 서두르길 잘했네. 시간만 기다리고 있었다간 큰일 날 뻔했어."

열두 시 오 분 전 밥을 푸기 위해 밥솥을 열었는데 밥솥에서 쌀이 찰랑찰랑 물장구를 치고 있다면. 이건 햇반을 사러 마트로 뛸 수도 없는 대형 사고다.

어르신들의 낙이 무엇이겠는가. 오로지 하루 세끼만을 바라보며 살고 있지 않은가. 밥이 조금만 늦어도 민감하게 반응하시고, 밥양이 조금만 덜 담겨 있어도 불같이 화를 내시며 간호사실로 항의 전화를 하신다.

그사이 조리사님께서는 간호사실로 올라가 점심이 십 분가량 늦어질 거라며 양해를 구했다고 하였다. 두방망이질하는 가슴을 쓸어내리며 우리는 부랴부랴 물을 데우고, 쌀들도 급하게 자기 몸을 익혀갔다. 드디어 하얀 김이 올라오고 구수한 밥 냄새가 주방 안에 퍼졌다. 우리는 서둘러 밥솥 뚜껑을 열고 하얀 쌀밥을 그릇에 담아 밥차를 힘차게 밀고 입원실로 올라갔다. 한 사람 한 사람 식사를 배식하며 죄송하다는 말을 밥 위에 얹었다. 무사히 배식 끝내고 환자 카드를 들고 이마의 땀을 훔치며 주방으로 돌아왔다.

식당 안은 밥차를 올려보내고 나면 다시 내려올 때까지는 조용하다. 환자의 식사가 끝나야만 그때서야 직원 식당이 또 한바탕 전쟁을 치르게 된다. 잠시 후 원장님께서 제일 먼저 점심을 먹으러 오셨다. 다른 때와 다른 조용한 분위기에 식당 안을 한 번 보시곤 시계를 들여다보셨다. 그러고는 주방 팀을 바라보셨다. 원장님께서 식사하는 동안에도 직원들의 그림자를 찾아볼 수 없었다. 원장님께서는 다시 한 번 시계를 들여다보시고는 식당 입구를 바라보셨다. 그 모습을 보시고 조리사님께 가서 앞뒤 사정을 말씀 드리라 하였다.

"원장님, 전 직원이 오늘은 다이어트를 한답니다. 그렇게 말할까요?"

조금 전 밥솥 사건의 오싹함을 잊고 우리는 농담을 주고받았다.

왁자지껄 요란 소리와 함께 직원들이 식당 문을 밀고 들어온다. 밀물처럼 밀려왔다가 썰물처럼 빠져나가는 직원들. 식당 안의 배식구에는 잠시 머물렀던 사람의 수만큼 식판이 쌓여갔다. 우리 주방 식구는 너나 할 것 없이 식기세척기에 그릇들을 넣고 주방 정리에 나섰다. 주방 정리를 마치고 나면 비로소 주방 팀이 늦은 점심을 먹는다.

너무 허둥댄 탓일까, 입맛이 썼다. 다른 동료의 식판에도 음식이 남아있다.

"놀랬지, 그래도 잘해냈어."

서로의 눈빛이 위로의 말을 건넸다. 각자의 머릿속은 전 같지 않게 새로운 정보 저장을 강하게 거부하고 있다. 그래서인지 실수가 잦다.

그날도 꼼꼼히 확인하고 밥차를 끌고 입원실로 올라갔다. 그리고 배식을 마치고 나오려 하자 다소 거친 간병인의 음성이 들렸다. 나는 할머니가 또 치매가 도져서 식사를 거부하나 하고 할머니 곁으로 가보았다. 그런데 할머니 배식쟁반에는 밥은 없고 국만

두 그릇 놓여 있는 것이 아닌가.

"밥이 있어야 먹지."

"그러게요. 국만 두 그릇이라니. 죄송합니다."

이러다 내 이름이 '죄송합니다'가 되겠다.

일상의 견고한 결을 뚫고 끼어드는 실수들, 생각에 잠겨본다. 이런 실수가 경험되어 나를 조금은 성장시키지 않을까.

다양한 노년의 삶이 요양병원의 한 평 남짓한 침대에 누워있다. 생의 마침표를 향해 가는 위태로운 지팡이들. 그들의 모습을 보고 있으면 불현듯 마음에 깔리는 비구름. 머지않은 거리에서 내 모습이 자꾸만 노을빛으로 어른거린다.

🎣 망둥이가 뛰니 폴짝! 꼴뚜기가 더 높이 뛰었다

우편함에 꽂힌 공주 소식지에서 「웅진 문학상 작품공모」라는 공고를 읽었다. 문득 공주에 대해 써놓은 글이 있어 수필 두 편과 시 한 편을 메일로 보냈다.

일주일 후 전화가 왔다. 문인협회라면서 무엇에 응모했느냐고 묻는다. 시와 수필이라고 말씀드렸다. 그러자 아직 한 달의 시간이 남아있다고 다독거리더니, 시는 열 편이고 수필은 세 편이니 총 아홉 편을 더 보내달란다.

괜히 냈다. 공주 자연에 대한 글 좀 썼다가 엄청 무거운 숙제를 하게 되었다. 그런데 글을 써보니 수필보다 열 배는 어려운 글 짓기가 '시'였다. 생각만 하면 골치가 지끈거렸고 눈앞이 깜깜하였다. 후회막급이었다. 밤이면 밤마다 확 포기해버릴까 하는 번뇌가 펼쳐졌다. 그와 또 상반되게 가슴 한구석에서는 '도전해!'라고 부추기며 부채질하였다. 이러지도 저러지도 못하고 내내 마음만 널을 뛰었다.

한 달간의 시간이 있으니 넉넉하지만, 도대체 어떤 시어를 끌어다 백지를 채울지 속이 탔다. 참으로 어리석다. 바람에 날리는 강가의 갈대 머리를 이고서 아직 느림의 미학을 실현하지 못하고 있다니 답답하다.

공주의 자연과 역사와 인물이 머릿속에 벌집을 지었고, 윙윙거렸다. 괜히 설레발을 쳤다가 아무런 고뇌도 없이 천하태평이었던 마음에 대들보 하나를 들어 앉혔다.

그래도 내가 누군가? 빨래 짜듯 손으로 쥐어짜거나 아니면 탈수기를 동원하여서라도 짜내어야 직성이 풀리는 나를 나는 너무나 잘 알고 있다. 없는 지식 끌어모으느라 정신 줄을 놓기도 하고 몸서리도 쳤다. 그것으로도 딸리면 남의 시어를 끌어다가 모방을 꿈꾸기도 하였다. 그런데 역시 제집이 아니면 아무리 대궐집이라도 불편하였다.

그리고 오타는 또 어떤가! 긴 잠에 빠지신 백제왕을 폭죽을 터트리고 풍장을 쳐서 겨우 깨웠다. 눈 비비기 세수하기는 고사하고, 백제왕을 말 태워 금강 변을 달리게 하는 데는 성공을 했다. 그런데 고마나루에 나룻배를 띄워 웅녀를 태워야 했는데, 정신이 없다 보니 웅녀가 아닌 옹녀를 태우고는 바람한테 노를 젓게 했다. 웅녀가 옹녀로 둔갑해도 빨간 줄이 안 그어지는 오타 사건! 이건 상상하기도 싫은 완전범죄로 오해받을 사건이 발생한 거였다. 웅녀가 옹녀로 바뀐 줄도 모른 채 성급히 보낸 메일. 나중에야 발견하고 뒤로 넘어갈 뻔했다.

어쨌든 그런 에피소드를 겪어가면서 있는 힘껏 쥐어짰더니, 드디어 시 10편, 수필 3편을 완료하였고, 잘 포장해서 보냈다. 그 어렵다던 시를 어떻게 10편 채웠느냐고? 그게 그리 간단한 문제는 아니었다. 첨엔 착한 마음으로 열 편을 채우려 하였으나 그러다간 공주 전 지역을 더듬어야 할 것 같아서 9편에 하나는 살짝, 긴가민가 싶은 다른 내용의 시를 끼워 넣은 것이다. 그러면 그곳에서는 족집게로 콕 집어서 다시 한편 채우라고 할 게 뻔했지만, 우선 내가 살아야 했다. 지금 내 몸은 그냥 파김치가 되었고 머릿속은 텅텅 비어 뻥튀기 과자 소리가 나므로, 그냥 시치미 딱 떼기로 했다. 그것도 안 통하면 아쉬운 대로 집 앞에 보이는 칠성산이라도 엮어 보려 한다.

'망둥이가 뛴다고 꼴뚜기가 따라 뛴다더니' 괜히 나섰다가 큰코 다칠 뻔했다. 나는 이제껏 내겐 너무 커다란, 감당하지 못할 숙제를 끌어안고 낑낑대었다. 그리고 어찌어찌 마쳐서 보냈고, 당분간은 글을 쓰지 않기로 다짐하였다. 그런데 지금 노트북을 앞에 두고 자판을 두드리는 사람은 누굴까? 그렇게 개고생하고 아직 정신을 못 차렸다. 이게 사람이라는 거다. 그 어떤 시련도 막상 지나고 나면 잊어버리는. 하기야 인간은 망각의 동물이라고 한다. 그 말은 혹 나를 보고 만든 말이 아닐는지.

🚲 자극

공주시 낭송협회 회장님의 시집에 있는 시를 옮겨본다.

봄볕에 눈이 찔린
광어 도다리가 수족관 바닥에 납작 엎드려 있다

감나무가 그늘을 밀고 들어오자
생을 맞대고 차마 한 눈씩만 바라보고 있다

저만치서
밀물 들어오는 소리가 자박자박 들리자
눈이 번쩍 떠지는 도다리

지느러미를 흔들어 다른 도다리를 깨워 돌아갈 바다를 말하려는 순간

거친 손 하나가
수족관에서 광어 한 마리를 낚아챈다

바다는 없고 바닥은 있어
바다와 바닥이 동시에 파닥거린다

바닥에 있는 것들은 함부로 돌아갈 수 없다고 순식간 썰어버린다

사람들에겐
잘근잘근 씹는 버릇이 있다.

유계자 「바닥의 그늘」

시집이 나왔다고 해서 무척 반가웠는데, 책을 받고 첫 장을 넘기면서 다시 한 번 감탄했다. 그동안 접한 시 세계와는 전혀 낯선 감성에 놀라지 않을 수 없었다. 거친 거 같으면서도 파닥이는 싱싱함이라고 할까. 개인적인 생각으로 삶의 냄새와 바다의 짠 내가 묻어나는 글이다.

유계자 선생님과의 인연은 이분의 시 낭송 수업을 들으면서 시작되었다. 아름다운 목소리와 타고난 절대음감이 낯선 시 낭송의 매력에 빠지게 했다.

선생님과는 현재 공주시 낭송협회 신입회원으로 활동하면서 활발한 교류를 하고 있다. 그동안 침체 시기였던 글쓰기도 선생님을 뵙고 자극이 되었다.

글이 고이길 기다렸지만, 가뭄에 들이닥친 모래땅엔 좀처럼 물이 고이지 않았다. 그래서 한동안 노트북을 닫고 인터넷 전원도 꺼버렸다. 그랬더니 글은 아예 길을 잃었다. 그동안 글을 쓰면서 치유되었던 상처가 다시 덧나기 시작했다. 햇살 가득했던 마음에 그늘이 지고, 팔팔하던 생명은 더는 뿌리를 내리지 못하여 성장이 멈춰버렸다. 치매 시어머니와 밥만 사수하는 남편이 점점 짐으로 느껴지는 구질구질한 나의 삶.

　꽃으로 살고자 했던 마음은 간곳없고 입에서는 원망과 짜증만 토해내는 일상이 되었다. 치매의 병환을 앓고 있다고 해서 삶이 아니라고 부정하면 안 되는 건데, 나의 이기가 감히 시어머님의 삶을 판단하려 들었다. 배려는 점점 사라지고 원망의 잡풀이 무성해지면서 존경의 눈을 가렸다. 감히 입 밖으로 내진 못하였지만, 시어머님은 나를 힘들게 하는 존재라며, 자꾸만 나쁜 생각이 들었다.

　코로나로 묶였던 족쇄가 조금은 느슨해지면서 시 낭송협회 모임이 오랜만에 잡혔다. 다시 예전처럼 회원님들을 만나 소통하면서 나를 되돌아보는 계기가 되었다. 또한, 글은 여전히 쓰냐고 묻는 유계자 선생님의 말씀에 자극되었다.

　이제는 그만 나태한 마음을 버리자고, 한동안 멈추었던 글쓰기를 다시 하자고 마음먹었다. 나태주 님 말씀처럼, 써지지 않으면 감정을 자극해서라도 억지로 시 쓰기를 해보려 한다. 책을 읽고 시를 필사하면서 인제 그만 자욱한 안개에서 나오려 한다.

　뉘우침이 있고 변화가 있기에, 그래서 사람은 꽃보다 아름답다고 말하는 것이리라. 깊게 심호흡해본다. 그리고 최면을 건다. 언젠가는 나에게도 따스한 봄날이 오리라는 걸.

2020년 5월 15일 금요일, 봄비로 인해 차분해진 마음

2부

🍂 그리움의 바람

바람에 실린 가을 향기가 간간이 열어놓은 창문을 밀고 들어온다. 또 이렇게 한 해는 예고된 작별을 준비하고 있다. 내 가슴 열고 들어와 갈비뼈 사이를 횡단하는 그리움. 세포 속에 숨죽이고 있던 추억은 찬 바람이 불면 하나씩 걸어 나오기 시작한다. 그녀도 나처럼 그래서였을 것이다. 강산을 크게 세 번 굴리고 나서야 내가 사는 산골까지 그녀의 음성이 흘러들어왔다.

"혹시 ○○○신가요?"

조심스레 상대방 이름을 확인하는 앳된 소리. 순간 내 친구들의 목소리를 떠올렸다. 매치 되는 음성이 없었고, 호흡하는 사이 적막이 흘렀다. 그녀는 당황하는 내 모습을 눈치챈 듯 또박또박 본인 이름을 말하였다. 그녀의 이름을 듣고 매우 놀랐다. 오랫동안 틈틈이 꺼내 보던 유년의 그리움이었기 때문이다.

그녀와 나는 초등학교와 중학교 동창이면서 여러 번 같은 반에 있었다. 그녀의 언니가 우리 동네 사람과 결혼하면서는 더 친해졌다. 작은 얼굴에 커다란 눈을 가졌던 그녀는, 내 기억 속에 예쁜 아이였다. 중학교 때 소설을 처음 접했던 우리는 만나기만 하면 서로가 읽은 소설을 이야기하였다.

내가 중학교를 졸업했을 당시, 우리 가족 모두 고향을 떠나 서울에서 살았다. 이미 뼛속까지 촌 물이 들어버렸던 나는 쉽게 도시 생활에 적응하지 못했다. 냇가가 그립고 바람 냄새와 풀냄새가 그리웠다. 그러나 그때는 고향이 너무 멀었다. 혼자서 고향을 찾기에도 어린 나이여서 용기를 내지 못하였다. 그저 연고지 하나 없는 고향의 그리움만 가슴에 쌓아가고 있을 뿐이었다.

세월이 흘러 결혼하고 나서야 고향 마을을 찾았다. 그러나 내가 그토록 그리던 고향의 모습은 아니었다. 산은 깎여 아파트가 들어서고 공장이 들어서고 너무 많이 변해있었다. 세월은 많은 걸 퇴색시켜놓았다.

지금도 가끔 고향에 가보지만 친구들은 나처럼 어느 도시에 박혀있는지, 그리운 얼굴은 한 번도 만나보지 못하였다. 그러다가 마을 친구를 통해 초등 동창회에 가게 되었고, 그때야 전국에 퍼져 있는 친구들을 만나볼 수 있었다. 나는 오랜 시간 덮어두었던 일기장을 꺼내게 되었고, 현재는 다시 추억을 쓰고 있다.

그녀도 나처럼 고향을 일찍 떠났고 서울에서 뿌리를 내렸다고 했다. 몇 해 전 고향 친구를 통해 전화번호를 알게 되었는데 이제야 용기를 내었다고 한다. 그녀는 자기가 붙들고 살았던 추억이 혹여나 변한 것이면 어쩌나 두려웠다며, 다행스럽게 반가운 음성에 안심했다고 한다. 우리는 30년의 세월이 무색하게 그때의 단발 머리로 돌아가 있었다. 그때의 추억을 떠올리며 많은 이야기를 나눴고 통화 내내 웃음소리가 끊이질 않았다. 같은 고향, 같은 시대, 유년의 추억엔 감히 세월이 끼어들지 못하였다. 우리는 현재 사는 이야기까지 스스럼없이 꺼내놓았다. 그녀는 오십이 넘으니 가슴에는 유년의 그리움만 차오르더라고 하였다. 그녀도 나처럼 고향이 그립고 친구가 그립다고 했다. 그녀의 말에 공감했다. 내가 겪었던 감정들을 그녀도 현재 겪고 있다. 눈에 잡히지 않는 그리움이 얼마나 시리고 아픈지 이미 겪은 내가 모를 리 없다. 마지막으로 그녀는 전화를 자주 해도 되냐고 물었다.

나이테가 늘어갈수록 우리의 가슴에는 찬 서리가 내리나 보다. 가슴에 묻어둔 그리움의 빛깔이 더욱 진해지기 때문이겠는데, 이럴 때 핸드폰을 들어 전화할 소꿉친구가 있다는 건 얼마나 축복인가.

내가 그리워했던 친구들, 이제는 그들이 세월의 벽을 헐고 선물처럼 소식을 전해온다. 학창 시절 나는 지금처럼 푼수 낀 아줌마가 아니었다. 학교가 놀랄까 봐 까치발로 조심스레 다녔던 아이였다. 그런데도 친구들의 가슴에 그리움으로 자리 잡고 있었다. 내가 그들을 그리워했던 것처럼.

깨어진 신뢰

　남편 입에서 뿜어져 나오는 한숨이 자칫 가교리 하늘을 내려 앉힐까 걱정되었다. 남편은 나랑 눈만 마주치면 농사를 힘들게 지어도 제값을 못 받는다고 불평하였고, 그래서 조금이나마 어깨의 짐을 덜어주고자 시작한 것이 직거래를 튼 지 어느덧 10년이 흘렀다. 처음은 미미했으나 경험과 지혜가 쌓이면서 지금은 직거래 판매가 안정기라 해도 거짓부렁은 아니다. 현재는 우리 것도 팔고 동네 것도 팔아주고 있다.

　그중에 제일 인기 있는 품목은 고추와 알밤이다. 고추는 양념이기에 먹지 않고는 배기지 못하고, 알밤은 간식거리이지만 공주 밤의 인지도와 알밤에 대한 향수 때문인지 주문량이 많다. 올해는 윤달이 끼어 추석이 10월에 닿아 일찍부터 밤의 인기가 선물용으로 최고였다.

　주문 전화가 오면 선금을 받기도 하고 밤을 먼저 보내고 후불로 받기도 했다. 몸은 힘들어도 다양한 일을 하는 사람들을 만나는 재미 또한 쏠쏠하다. 그렇게 직거래하면서 이제껏 밤 값을 떼이거나 하는 일은 전혀 없었다. 세상에 믿을 사람 없다는 말은 나에겐 예외였다. 얼마 전까지만 해도….

　추석이 지나 친구한테 전화가 왔다. 고향에 가서 친구를 만나고 왔는데, 밤 얘기가 나와 내 핸드폰 번호를 알려줬다고 하였다. 친구는 연락이 오면 좋은 밤을 보내달라고 신신당부하였다. 그 얘기를 듣고 며칠 지나자 친구한테 소개받았다며 전화가 왔다. 그분은 밤 30킬로를 시켰고 송금은 밤을 받은 후에 바로 해주겠다고 하였다.

　주문과정에서 이런 일은 보통 있는 일이었다. 단 한 번도 문제가 된 적 없었기에 의심 없이 알밤을 먼저 보냈다. 그분은 밤을 받고 하루가 지난 후 다른 사람이 주문해달라고 했다며 추가 밤을 시켰다. 그러면서 그 밤을 받으면 그때 한꺼번에 송금해 주겠다고 하였다. 그렇게 총 세 번의 밤을 보냈고 일주일이 지났다. 송금해 주겠다던 그분은 감감무소식이었다. 입금만을 기다리다 지친 나는 문자를 두어 번 보냈다. 그랬더니 화요일에 부쳐준단다. 그리고 화요일이 지나 전화하면 목요일에서 토요일 사이에 부쳐준다고 번복하였다. 그러기를 2주가 훌쩍 지났고 마음은 불신의 상처로 너덜거렸다.

　남편 혼자 허리 굽혀가며 한 톨 한 톨 주운 알밤들. 남편의 피와 땀인 알밤을 얼굴도 본 적 없는 사람에게 그냥 줘 버린 꼴이 되어버렸다. 차라리 지인이나 친척이라면 덜 억울할 텐데, 어떤 좋은 말로 포장해야 할까? 찢겨진 마음의 상처를 덮으려고 아무리 애써도 기억은 더욱 또렷해졌다. 그렇다고 20년도 넘은 친구한테까지 하소연은 못 하겠고 냉가슴을 앓고 있었다.

　일요일 오후, 남편은 기계로 묶어놓았던 논바닥의 짚단을 비 오기 전에 축사로 끌어와야 한다며 성화다. 6일 동안 죽도록 일하고 일요일 하루는 허리 좀 펴려나 했더니 그마저 무슨 호강이라고 허락되지 않는다. 남편이 차로 싣고 와 축사 마당에 떨구어 놓으면 나는 외양간 안에 사각 짚단을 쌓았다. 온몸에 먼지를 뒤집어쓰며 일하고 있는데 친구로부터 전화가 왔다. 밤 10킬로가 필요하다며 집으로 온단다. 그러면서 소개해준 친구한테 밤 값은 받았느냐고 물었다. 친구 말로는 어제 친구랑 전화해서 밤 값 얘기했는데 아직 송금 못 했다고 하더란다.

　친구가 먼저 말을 꺼내줘서 다행인 것이, 현재 속앓이하는 문제를 자연스럽게 펼쳐놓을 수 있었다. 내가 2주가 지났는데도 아직 밤 값을 한 차례도 받지 못했다고 했더니 친구는 잔뜩 흥분했다. 결국 친구 남편이 단걸음에 가교리로 달려와 대신 밤 값을 지불하고 갔다.

　친구 남편을 보내고 나서 생각하니 영 마음이 개운치 않았다. 괜한 말을 꺼내 일을 크게 만든 건 아닌지 친구 남편 보기가 민망하고 도리어 내가 죄인이 되었다. 고민하던 일들은 해결이 되었지만 후벼 팠던 시간만큼 마음에서 비워내기까지 또다시 시간이 필요하였다.

　그분은 약속한 날짜가 아닌 더 며칠을 끌고 나서야 밤 값을 부쳤다. 그리고 나는 그 돈을 다시 친구에게 송금해 주었다. 나의 인내가 부족했던 것일까?

🐾 나를 기쁘게 하는 것들

적적한 일상에 활력이 필요할 때면 나는 손전화를 들어 딸에게 화상통화를 한다. 화상으로 손자 얼굴을 보고 나면 답답한 가슴이 뚫리고 웃음이 난다. 우울할 때 아이의 미소만큼 기쁘게 하는 것은 없다. 손자는 할미에게 최고의 비타민이라고 할 수 있다.

올해 대학원을 졸업한 아들이 주섬주섬 가방을 싼다. 이제 이곳 공주에 더 머물 이유가 없어진 것이다. 제 밥벌이하러 직장을 잡아 서울로 떠난다. 열심히 살아보겠다는 각오를 듣고 엄마로서 기뻤다.

모 문학에서 편집장으로 계신 선생님께서 전화를 주셨다. 격월간 문학지에 이번 달 초대작가로 선정되었다는 것이다. 그동안 슬럼프도 많았었는데 그런데도 멈추지 않고 활동한 것이 결실을 보는 거 같아 기뻤다. 어떤 일이든 열심히 꾸준히 하는 사람한테는 당해내지 못한다는 말이 생각났다. 싱거운 글일지라도 멈추지 않았기에 가끔은 이런 횡재도 오나 보다.

마음이 우울할 때면 위로받기 위해 가는 곳이 있다. 그곳은 가교리 하천 길을 시작으로 칠성산 산허리를 돌아서 고당리 마을까지 가는 산책길이다. 가교리 마을과 다르게 청정지역인 고당리 길은 하천 주변이 가파른 절벽을 이루고 있다. 천천히 걸으며 절벽을 움켜쥐고, 삶을 이어가는 나무들과 들풀을 바라보고 있으면 자연의 경이로움에 감탄하게 된다. 고당리 마을을 찍고 집으로 돌아오는 길은 마음도 발걸음도 가벼워진다.

두 아이가 대학교를 졸업하고 사회인이 되었을 때 뒤늦게 글 공부해보겠다고 앞뒤 재지 않고 덜컥 직장을 그만두었다. 그 결과 얼마 가지 못하고 가정경제가 흔들렸다. 그렇다고 이미 내 후임으로 채워진 직장으로 다시 돌아갈 수는 없었다.

그때 나는 위기를 기회로 삼았다. 복지 카드를 발급받아 조리사 자격증과 요양보호사 자격증을 취득하였다. 그리고 현재 요양보호사로 4년째 근무하고 있다. 이외로 노인 돌봄이 적성에 맞았고 나 한 사람의 손길로 달라지는 노년의 삶을 보고 보람을 느끼고 있다. 새로운 일에 도전하고 자격증을 딴 일은 나를 기쁘게 하였다.

풀꽃문학관에서 글공부하다가 그곳에서 시 낭송가님의 강의를 듣게 되었다.

낭송가님 강의 중 인상적인 부분은 시 낭송을 배우면 말을 잘하게 된다는 거였고, 그 말씀이 내 마음을 끌어당겼다. 나는 대인기피증이 있었는데 사람 앞에만 서면 말을 더듬거렸기 때문이다.

그 후 낭송가님을 따라 문화원에 등록하여 시 낭송을 수업받았다. 중간중간 포기하고픈 위기가 왔음에도 노력하며 인내한 결과, 나는 올봄 역사박물관에서 주관하는 행사 무대에 서게 되었다. 인내의 열매는 우주의 어떤 과일보다도 달았고 보람까지 얹어졌다.

작년 4월 공주의료원에서 직장 건강검진을 했는데 암이라는 뜻밖의 결과가 나왔다. 나처럼 바쁘고 건강한 사람이 암이라니… 처음에는 믿기지 않았다. 그나마 다행인 것은 고대병원에서 근무하는 딸이 서둘러서 바로 암 수술을 받을 수 있었다. 그리고 멈춤을 모르고 속도만 즐겼던 내 삶을 되돌아보는 계기가 되었다.

건강을 잃어보니 세상에 가장 중요한 게 무엇인지 깨닫게 되었다. 그랬다. 큰 시련이 나를 더한층 성장시켰다. 그 뒤 내 삶은 거북이와 보폭을 맞추며 간다. 욕심내지 않기, 주변 돌아보기, 사람 마음 들여다보기 등. 소소한 것에 감사하고 기뻐한다. 지금 나를 기쁘게 하는 것 중 최고를 뽑으라면, 내가 이 우주에 살아있다는 것. 그리고 살아가고 있다는 것이다.

🚲 나를 슬프게 하는 것들

지금껏 살아오면서 보니 그랬다. 행복했던 순간은 눈처럼 녹아버리고 반대로 슬픈 기억은 가슴에 응어리로 남아 돌탑을 쌓는다. 나를 슬프게 하는 것들이 가을바람을 만나면 그렇다. 잠시 잊고 지내던 기억이 일제히 일어나 나를 향해 달려온다. 그럴 땐 화창한 날에도 가슴에서 폭우가 내렸다.

내 나이 다섯 살에 아버지가 돌아가시고, 열여덟 살엔 어머니마저 이 세상의 문을 열고 나가셨다. 철들기 전 나를 보호해줄 울타리가 무너져서, 내 삶은 바람 앞의 호롱불이었다. 살아가면서 벼랑으로 밀렸을 때, 결혼하여 아이를 낳았을 때 그때마다 부모님 생각이 간절하였다.

지천명을 넘어선 지금, 생존해 계신 친구 부모님을 보면 무척 부럽다. 4남매를 기르시느라 고생만 하신 어머니, 효도할 기회를 만나지 못한 일이 나를 슬프게 한다.

내 몸 어딘가에는 미운털이 자라고 있다. 혼자 있을 때는 아무 일 없다가도 사람들 모이는 장소에만 가면 줄곧 나는 외딴섬이 된다. 내가 어떤 행동을 취하는 것도 아닌데 꼭, 한사람이 선동하여 나를 경계하게 하고 뒷담화하였다. 회사생활 할 때, 요리학원에 다닐 때, 간호학원에 다닐 때 영문도 모른 채 따돌림당했다. 그럴 때마다 내가 모르는 곳에서 자라고 있는 미운털을 인정사정 볼 것 없이 고랑마다 호미질하고 싶었다.

공주로 출근할 때 나를 '언니! 언니' 하며 잘 따르는 회사 동료가 있었는데, 그 인연은 내가 퇴직하고도 이어졌다. 퇴직하고 나서 더욱 산골의 박힌 돌로 살던 나를 그녀는 막힌 숨통을 터주듯 가끔 공주 시내로 불러 매연의 바람을 쐬어주곤 하였다.

우리는 추석을 이틀 앞두고 공주 시내 한 식당에서 만났고, 그동안 여며두었던 이야기보따리를 풀어놓으며 즐거운 한때를 보냈다. 그런데 그녀와 헤어질 때 그녀의 미소가 왠지 쓸쓸해 보였다. 나는 차에서 내려 그녀를 안아주었다. 그녀는 차가 출발하자 손을 흔들었다. 그녀의 아파트에서 내 차가 빠져나올 때까지 그녀의 모습은 백미러에서 사라지지 않았다.

그리고 다음 날 믿기지 않은 문자 한 통을 받았다. 거짓말 같은 그녀의 부고 소식이었다. 벼락을 맞은 듯 정신이 혼미해졌다. 장례식장에서 그녀의 친구를 만나고 그녀를 살뜰히 챙기지 못했던 내가 원망스러웠다.

"친구가 늘 입버릇처럼 말했어요. 사곡 언니는 엄청 좋은 사람이라고요."

순간 화상을 입은 듯 온몸이 화끈거렸다. 그녀와 다르게, 그녀

에게 온전히 마음을 내어주지 못하였다. 내가 좀 더 다가가 그녀
의 아픈 상처를 어루만져 주었더라면….

나는 가방끈이 짧다. 사람들은 60이 넘으면 배운 사람이나 못
배운 사람이나 똑같아진다고 말한다. 그러나 나에게 그 말은 전혀
위로가 안 된다. 중년의 길 위를 걷고 있는 지금도 여전히 사람들
앞에 서면 주눅이 든다. 그리고 많이 배운 사람을 보면 부럽다. 불
우한 환경을 탓해보지만, 학창 시절 좀 더 인내를 갖고 끝까지 공
부하지 않은 것이 후회된다. 그때 어떻게든 학업을 이어갔더라면
내 삶도 달라지지 않았을까?

누구보다도 열심히 살았다. 가난을 대물림하지 않으려 애썼다.
못 배운 한을 두 아이한테 물려주지 않았다. 하늘 아래 악착은 선
택이 아니었다. 나에겐 운명이었다. 그리고 어느덧 상고대에 서
릿발을 이었다. 이제는 두 아이에 대한 책임이 가벼워졌고, 비로
소 내 꿈이 보였다.

나는 이루고픈 꿈이 많다. 첫째로 그토록 내가 부끄러워한 짧
은 가방끈을 길게 수선하기로 마음먹었다. 공부를 시작해 최종목
표인 대학까지 가기로 계획을 세웠다. 2021년인 내년이면 그 꿈
을 위해 드디어 출발한다. 황무지였던 내 삶이 오랜 시련과 착오를
겪어내며 하나씩 열매를 맺어 가고 있다고 생각했다.

그런데 운명은 또다시 나에게 등을 보였다. 어린 날 부모님의
울타리를 걷어갔듯 이번에는 건강을 걷어갔다. 그토록 이루고픈

꿈이 눈앞에서 좌절되었다. 나는 현재 암이라는 무서운 녀석과 일 년째 싸움을 벌이고 있다.

그렇다고 포기하거나 낙담하지는 않는다. 그동안 내게 온 시련들이 나를 단단하게 성장시켰다. 살아있는 한, 가능성이 항상 열려있기에 패배자는 아니다. 나는 여전히 멈추지 않고 꿈을 꾸되, 거북이와 보폭을 맞췄을 뿐이다. 그러나 가끔 억울하다는 생각이 희망에 거미줄을 칠 때 나도 모르게 슬퍼진다.

기쁨도 슬픔도 다 내 안에서 버무려진다. 시련도 가꾸면 보석이 된다고 하지 않던가. 현재의 길을 가다 뜻밖의 소나기를 만났을 뿐이다. 지금 힘들다고 세상이 끝난 것은 아니다. 살아있음은 무한한 가능성을 만들어냄이라는 걸 안다. 나는 나를 슬프게 하는 것들을 햇살에 꺼내놓는다. 그리고 오늘이라는 쳇바퀴를 힘차게 굴린다.

낡은 책가방

눈물 꽃이 흩날려 가슴속 깊이 묻어두었던 문장들이 흘러내린다. 벚나무와 복숭아나무가 이고 있던 거품을 씻어내는 봄비. 세월은 톱니바퀴를 굴려 추억 몇 페이지를 그리고 나서는 봄의 책장을 사선으로 접는다. 긴 기다림이 자꾸만 등 뒤로 멀어져 가고…. 단 하나, 멀어지지 않는 것이 있다면, 내 몸 장기 일부가 되어 때때로 나를 흠뻑 적시는 엄마의 모습이다. 노트북을 켜고 글을 쓸 때마다 엄마의 모습이 어른거린다. 밥상을 펴고 연필심에 침을 묻어가며 글자를 익히던 엄마. 엄마의 환영(幻影)이 자꾸만 내 눈 속에 어른거린다.

엄마는 서당 집 딸이라고 하였다. 그러나 할아버지께선 여자가 글을 배우면 팔자 사나워진다며 글방 근처에는 얼씬도 못 하게 하셨다고 한다. 평생 배움의 한을 가슴에 품고 사셨던 엄마. 호롱불 밑에서 콧등 그을리며 딸이 배운 국어책을 펼쳐보던 엄마. 그렇게라도 배움의 한을 푸셨던 게 아닐까.

그런데 왜 나는 단 한 번도 관심을 두지 않았었는지. 지금의 우리 아이들을 겪어보고서야 그것이 엄마를 얼마나 더 외롭게 만들었는지 알게 되었다. 홀로되신 엄마는 가슴속에 어떤 이야기를 담고 있었을까.

경찰서 게시판에 몇 월 며칠 나를 잡아간다고 공고가 나붙어도 그 글을 읽지 못하면 얼마나 억울하겠냐며, 사람은 글을 읽고 쓸 줄 알아야 한다고. 그리고 딸에게는 공부를 많이 해서 볼펜으로 먹고살라고, 그 말을 본인 꿈인 듯 말씀하셨다.

엄마는 살림에 보태려고 봉제공장엘 다니셨었다. 엄마의 연세에 글을 읽고 쓰고를 못하시는 대부분이어서 공장관계자는 엄마에게 보조 일을 시켰다고 했다. 그런데 엄마가 숫자를 세고 글자를 읽고 쓰고 하니 놀랐다고 한다. 그 후 엄마는 물건 입고와 출고장을 쓰게 되었다는 거였다. 그때에는 시대적으로 한글과 산수만 하여도 대단하게 여겼던 모양이었다. 그 이야기를 자랑삼아 딸에게 하셨던 모습이 기억 속에 선명하다.

엄마한테는 낡은 책가방이 있었다. 그것은 내가 쓰다가 더는 쓰지 않게 된 책가방이었다. 그 안에 딸이 배우고 쓸모없어진 국어책과 노트, 1에서 100까지 쓴 종이와 연필이 들어있었다. 딸의 국어책을 옮겨적었던 엄마, 지금으로 말하면 평생 필사로 공부한 셈이었다. 지금 엄마가 살아계셨다면 나처럼 시인이나 작가가 되었을까 싶기도 하다.

엄마가 돌아가시고 난 빈자리를 채우고 있는 것은 두 가지였다. 그 한 가지는 허리에 줄을 매고 몸빼 속에 넣고 다니던 손수 만든 돈주머니. 그리고 방 귀퉁이에 앉아있는 낡은 책가방이었다. 나는 그 책가방을 보고서 얼마나 많이 울었던지 모른다. 엄마에게는 소중했던 물건들, 그러나 그때 우리 4남매는 그 유품을 챙길 만큼 철이 들지 못하였다.

딸아이가 육아휴직을 마치고 복직하면서 힘들 때마다 손자를 친정에 맡겼다. 그리고 어느덧 손자는 네 살이 되었다. 손자는 할머니 방에 있는 책과 연필을 가장 궁금해하였다. 육아하면서 손자가 티브이 만화에 빠져있을 때를 틈타 책을 읽거나 글 쓰는 일을 하였다. 그래서일까. 손자는 어떤 책인지도 모르고 책을 가져다 소파에 앉아 할미처럼 읽는 흉내를 낸다. 볼펜을 가져다가 거실 바닥에 펴놓고는 할미가 판독할 수 없는 문자를 써놓기도 한다. 애들 보는 데서는 찬물도 못 마신다고 하더니, 손자가 할미 행동을 흉내 내었다.

우리 엄마도 나에게 거울이 되었던 걸까. 나도 엄마처럼 책과 글을 놓지 못하고 있다. 우리 아이들에게 또는 손자에게, 나는 어떤 모습으로 기억될까 생각해본다. 엄마의 낡은 책가방은 사라졌지만, 내 마음속에는 여전히 존재하고 있다. 노트북의 자판을 두드리며 내 꿈을 키워가듯, 낡은 책가방 안에서는 엄마의 꿈이 자라고 있었던 거였다.

🍃 너무 일찍 배워가는 그리움

딸아이가 결혼하고 한 해를 보내고 나서 첫 손자를 보았다. 맞벌이하는 딸은 휴식이 필요할 때는 가끔 손자를 친정엄마인 나한테 맡겼다. 짧게는 1주일 길게는 2주일. 낯가림 없는 손자는 딸 부부가 맡겨놓는 대로 장소가 어디든 상관없이 잘 지내다가 집으로 돌아가곤 하였다.

손자가 어느덧 26개월이 되었다. 여전히 낯가림은 없지만, 눈치는 백 단이다. 딸내미 말에 의하면 까만 가방에 자기의 옷가지를 꾸리기만 하면 손자는 아빠 차를 타지 않으려고 한단다. 손자는 차츰 머리가 커지면서 알아챘다. 차만 타면 자기를 떼어놓으려 한다는 걸.

외할아비와 외할미가 가끔 손자에게 장난삼아 말한다.

"집에 가지 말고 할미랑 살자."

그러면 대번에 손자의 표정이 바뀐다. 잠시 불안한 눈망울을 굴리다가 이윽고 맑은 하늘에 소나기가 쏟듯 큰 소리를 내며 서럽게 운다. 그런 손자를 볼 때마다 할미 마음은 무너진다. 내 유년의 아픈 기억이 떠오르기 때문이다.

아버지의 부재로 의지할 친인척도 없었던 어머니는 그때 어린 네 남매와 함께 절벽에 서 있는 기분이었을 것이다. 우리 가족은 단칸방에서 어렵게 살았다. 더군다나 누구나 어렵던 60년대라, 우리 가족은 끼니를 때우는 날보다 굶는 날이 더 많았다.

그렇게 어렵사리 삶을 이어가던 어머니는 내가 초등학교에 막 들어갔을 무렵 나를 시장으로 데리고 갔다. 그곳은 장날이면 까만 항아리를 펼쳐놓고 파는 곳이었다. 내가 크고 작은 여러 모양의 항아리를 구경하는 사이 어머니는 주인아주머니와 이야기를 나누었다. 그리고 시장 안으로 들어가더니 새 옷을 한 벌 사주셨다. 나는 앞으로 일어날 일을 알아채지 못하였다. 단지 새 옷을 얻었다는 기쁨만 컸다.

다음날 어머니는 보자기를 펼쳐 얼마 되지 않은 내 옷가지를 쌌다. 그리고 새 옷을 갈아입고 어머니 손을 잡고 낯선 마을로 갔다. 대궐 같은 낯선 집 나무 대문 앞에서 어머니는 잠시 주춤거리시더니 힘껏 안아주셨다.

"앞으로 너는 이 집에서 살 거야. 굶지 않아도 되고 네가 잘하고 살면 공부도 시켜준다고 했어."

어머니의 눈동자가 붉어지더니 목소리가 축축해졌다. 나는 너무 어린 탓에 어머니 말을 이해하지 못하였다.

그러나 그 집에서 하룻밤을 보내고 나서야 내가 더부살이하러 온 걸 알아챘다. 내가 할 일은 집안의 잔심부름을 하면서 돌 지난 아기를 돌보는 거였다. 이 집에는 내 또래 아이도 있었다. 저녁이면 두레 밥상을 펼쳐 그 아이와 나를 앉혀놓고 삼촌이 한글을 가르치기도 하였다.

좋은 옷에다가 끼니마다 기름진 음식을 배불리 먹었지만 행복하진 않았다. 저녁이면 어머니가 보고 싶고 집이 그리워 잠이 오지 않았다. 밤새 내 머리맡에서 쉬지 않고 좌우로 움직이는 괘종시계의 똑딱거리는 소리를 들으며 속울음을 삼켰다. 그때 나는 가슴이 아프다는 것이 어떤 것인지 배웠다. 배고픔보다 더 무서운 것은 그리움이었다. 그곳에서 1주일을 보내고 나자, 더는 견딜 수가 없었다. 그래서 사람들이 다 잠든 새벽을 틈타 조용히 나무 대문을 열었고 그 집을 빠져나왔다. 아직 어둠이 사위기 전, 어린 발걸음은 숨이 턱에 차도록 헐레벌떡 집을 향해 뛰었다. 드디어 집에 도착했을 때, 어머니는 부엌에서 아궁이에 불을 지피고 있었다.

갑자기 나타난 어린 딸을 보고 깜짝 놀라신 어머니. 어머니는 이내 잘 왔다며 와락 안아주셨다. 나를 더부살이로 보내놓고 어머니 마음도 편치 않았다. 그 후로 어머니는 다시는 나를 다른 곳에 보내는 일은 하지 않으셨다. 그러나 어린 나에게 그때 일은 마음에 깊은 상처를 내었다.

그래서인지 딸 부부가 손자를 맡기러 오면 손자가 받을 상처가 먼저 걱정되었다. 손자가 아직 말을 못 한다고 감정이 없는 건아니기 때문이다. 어린 가슴에 얼마나 그리움이 쌓여갈까, 측은

한 마음이 든다.

손자는 이제는 딸 부부와 떨어지려 하지 않는다. 우리 집에 오면 수시로 엄마·아빠가 있는지 확인한다. 혹여나 두고 가려는 낌새가 보이면 엄마 옷을 붙잡고는 빨리 집에 가자고 졸라댄다. 우리가 아무리 잘해줘도 부모 품과는 비교가 되지 않는 것이다.

카톡으로 보내온, 딸아이와 찍은 손자 얼굴을 본다. 표정이 보름달처럼 환하다. 엄마의 살 냄새가 아이에게 안정감을 주는 거 같다. 손자가 더는 떠돌지 않고 엄마 품에서 무럭무럭 자랐으면 하고 바라본다. 손자가 너무 일찍 헤어짐을 배울까 봐 할미는 두려울 뿐이다.

🍂 도심 속 공주 황새바위성지

입춘에 걸러진 햇살이 깃털처럼 부드러워지자, 겨우내 두문불출하던 친구가 전화했다. 황새바위성지를 가자는 거였다. 나는 암투병을 하면서 친구랑 내가 사는 가까운 공주 투어를 시작했다. 가장 잘 알만하면서도 전혀 모르는 공주. 결혼 후 뿌리내리고 사는 공주를 하나씩 알아가는 것도 재미있을 거 같았다.

황새바위성지는 공주시 왕릉로에 있다. 그동안 공주 산성시장을 수없이 오가며 무심코 지나쳤던 곳. 황새바위성지에 와서야 슬픈 역사의 장소였다는 걸 알았다. 황새바위 성지는 입구에서부터 돌계단으로 형성되어있다. 돌계단을 오르다 보면 성모 마리아상이 보인다. 성모 마리아상을 지나가니 돌계단 양옆으로는 소나무가 즐비하였다. 소나무들은 반가운 손님을 맞이하듯 늠름한 모습이다. 한 걸음씩 뗄 때마다 묻어나오는 솔 향기. 그 싱그러운 향기가 일상으로 찌든 머릿속을 말끔히 정화해 준다.

첫 코스에는 초에 불을 켜고 소원 기도를 올리는 곳이 있었다. 우리는 2,000원을 모금함에 넣고 유리 상자에서 초를 꺼내 라이터로 심지에 불을 붙였다. 첫 번째도 두 번째도 우리가 가장 소망

하는 건 아프지 않고 건강하게 사는 것. 욕심 그릇 비우고 소박하게 사는 것을 기도했다.

그리고 둘레길을 따라 걷다 보니 작은 언덕에 억새밭이 보였다. 바람에 흰머리를 나풀나풀 날리며 유연한 허리를 흔들며 이리저리 춤추는 모습. 그 모습이 마른 가슴에 봄비 내리듯 흠뻑 낭만으로 적셔놓는다. 둘레길 끄트머리에 넓은 잔디밭이 나왔다. 그곳에는 크고 작은 기도실이 여러 개 있었다. 우리처럼 이곳을 찾은 사람들은 종교와 상관없다. 엄숙한 표정으로 기도실로 들어가 각자 품어 온 삶의 고단함을 기도로 풀어내는 거 같았다. 사람에게 있어서 기도를 드림은, 아마도 시련을 극복하고자 하는 소망, 불안한 미래에 대한 액막이, 대략 그런 바람을 저축함이 아닐까?

정상에 올랐더니 예수님이 두 팔 벌려 반겨주신다. 청동의 예수님 동상이다. 손바닥과 발등에는 동그랗게 못 박혔던 흔적으로 구멍이 나 있다. 예수님의 그 통증이 내 가슴으로 전해져 소름이 돋았다. 인간의 잔인함이 무섭게 느껴졌다.

마지막 코스로는 천주교인의 무덤 경장 및 순교 탑이 있다. 그곳에서 친구와 기도를 드리며 마음이 먹먹해졌다. 나는 천주교 신자는 아니다. 그렇지만 그 시대의 참혹했던 상황이 적막에 녹아있음을 느낄 수는 있었다.

정상까지 돌아보고 내려오는 길에 우리는 벤치에 앉았다. 친구가 손수 끓여온 표고버섯 차와 과자를 먹었다. 맑은 공기와 종교의 향기가 물씬 묻어나는 그곳이 나는 좋다.

우리는 많은 생각을 했다. 조상님들이 목숨을 버려서까지 지키려 했던 천주교에 대한 믿음에 대해서. 우리가 누리고 있는 모든 것들은 그저 타임머신을 타고 본 순간이동의 현장이 아니다. 우리의 삶 하나하나에 과거 선인들의 혈흔으로 빚어진 발자취가 묻어있는 건 아닐까? 황새바위성지의 역사를 알고 나자, 앞으론 황새바위성지를 아무 감정 없이 그냥 지나치지는 못할 거 같다는 생각이 들었다.

그날의 슬픔을 들려주듯 맑은 하늘에 한두 방울 빗방울이 떨어졌다. 나는 돌계단을 내려와 주차장으로 가던 발걸음을 멈춰 한동안 황새바위를 바라보았다. 거기에는 역사의 슬픔이 웅덩이로 고여있다.

🍃 등불 같은 메시지들

정월 대보름이 지나고 다녀간 비가 산골 마을에 성큼 봄을 옮겨다 놓았다. 아침의 쌀쌀함을 이내 씻어내고 한낮에는 크림 같은 봄 햇살이 공허한 들판에 구슬 쏟아놓은 듯 굴러다닌다. 이런 날, 희망 한 줌 들녘에 직파해도 좋을듯싶다.

말 한마디에 천 냥 빚 갚는다는 속담이 있다. 나는 언제부턴가 이 속담을 참 좋아하게 되었다. 삶에서 위기를 만날 때마다 주변 사람들이 건넨 말 한마디가 선물이 되었기 때문이다. 그들이 건네는 응원의 메시지가 나를 수필가로 시 낭송가로 만들었다. 하마터면 넘어져서 그냥 평범 속에 살아갈 수도 있었던 나에게 재능 부여를 해준 셈이다.

산속에 묻혀 세상과 등지고 살다가 우연히 초등 동창을 만났다.

"우리 친구가 학창 시절에 글을 참 잘 썼었는데."

무심코 건네는 친구의 그 말이 농부의 가슴에 불씨가 되었다. 나는 문득 '언젠가는 수필가가 되어 반드시 친구 앞에 수필집 한 권 선물해야겠다는 꿈을 꾸게 되었다.' 친구의 그 한마디가 귓속에 이명처럼 들리는 중에 십 년의 세월이 흘렀다. 그러는 사이 등단도 하고 이제 그 노력이 수필집이라는 결실을 이루어가고 있다. 나는 올해 수필집을 내려고 준비 중이다. 초등 동창의 말 한마디가 삶을 변화시켰다.

풀꽃 학교에서 처음으로 시 낭송에 접했던 나는 덜컥 그 매력에 끌렸고, 문화원에 접수하였다. 시 낭송 강사님을 따라 강남 간 것이다. 그런데 문제는 가시가 찌르는 듯이 가느다란 소리. 나는 그만 자신감을 잃었다. 고막을 찢는 날카로운 피리 소리라 할까, 시작하자마자 난항에 부딪힌 거였는데, 대화할 때와 낭송할 때의 목소리가 확연히 차이가 났다.

그랬다. 무대에서 하는 낭송 목소리는 관객에게 편안함을 주는 목소리이어야 했다. 마이크를 통해 들려지는 내 목소리는 심장을 찌르는 가시처럼 귀에 거슬렸다. 그래서 포기하려는 찰나, 그런 나를 한 친구의 말이 등불이 되어주었다.

"너의 목소리는 우주에서 너 하나뿐이야."

그 말을 듣고 마음속에 환한 등불이 켜졌다. 우주에서 하나뿐인 목소리를 나는 잘 다듬기로 마음먹었다. 그러는 사이 4년이 흘렀다. 어느덧 무대에서 시 낭송을 하는 낭송가가 되어 있었다. 절대 내 목소리가 관객들의 귀를 거슬리게 하거나 하지 않았다. 연습하면 목소리도 달라질 수 있다는 걸 깨달았다. 피리 소리에서 대나무 사이를 비집고 들어오는 달빛 머금은 통소 소리라고 할까. 목소리도 다듬으면 예술이 된다는 걸 알았다.

세상은 과거보다 훨씬 좋아졌다. 발품 팔 용기만 있다면 어디서든 문화의 혜택을 받으며 살아갈 수 있다. 나이와 상관없이 본인 재능을 계발하고 발표하며 얼마든지 삶을 알록달록하게 살아갈 수 있다. 나의 단점이라 생각했던 것들을 석공의 마음으로 잘만 다듬어 간다면 놀라운 장점이 된다는 걸 극복해내고서야 알았다.

나는 주변 사람들에게 어떤 사람일까. 그들에게 천 냥 빚을 갚고 있는가. 아니면 생각 없이 던진 말이 지나가는 개구리를 명중시키는 건 아닐까.

🍂 따뜻한 순대국밥 한 그릇

들녘의 풀잎처럼 바람에 휘청이고 맥없이 비에 주저앉으며 살아가는 인생. 문득 나를 되돌아보면 돌탑처럼 단단히 쌓여가는 나이만큼이나 모난 부분이 많이 깎여 둥글어졌음을 깨닫게 된다. 그만큼 많은 세월을 온몸으로 겪어왔다는 증거다.

아프고 난 후 가장 두드러진 변화는 그것이다. 경직되어 있던 마음이 갓 빚어낸 새알심처럼 말랑말랑해졌음이다. 욕심 그릇은 바가지에서 종지로 교체하고 나자, 나에게 내어주는 시간이 전보다는 편안해졌다. 아픈 몸으로 욕심낸들 무엇을 더 득을 볼 거냐 하는 마음이 경직된 마음 근육을 푸는 계기가 되었다.

공주 알밤 재배지인 가교마을은 가을만 들어서면 마을에서조차 사람 만나기가 어렵다. 새벽부터 장화를 신고 밤 산에 올랐던 밤 농가 사람들. 그들은 하루 내내 밤나무 아래를 헤매다닌다. 그러다 하늘에 알밤처럼 붉은 노을이 깔리면, 그제야 노을을 등에 지고 저벅저벅 마을로 돌아온다.

가교리에서 밤 농사를 두 번째로 많이 짓는 친구가 전화했다. 그동안 마을에서조차 그림자도 보기 힘들었던 친구라서, 나는 와락 반가운 한편으론 어쩐 일인가 싶었다. 아니나 다를까, 내 촉이 들어맞았다. 그녀의 목소리에 먹구름이 잔뜩 끼어있었다. 친구는 우리 집 앞이라며 차 한잔 부탁해왔다.

커피머신에 캡슐을 넣고 내리는 동안 친구가 오늘 아침 황당한 일을 당했다면서 이야기를 꺼내놓았다. 친구 말은, 요양 다니는 대상자 집에서 그동안 어떤 언질도 없이 출근하자마자 대뜸 내일부터 오지 말라고 했다는 것. 며칠 안 남은 '이번 달만 채우고'가 아닌 '당장 내일부터'라는 말에 친구는 몹시 당황하였고, 마치 불 앞에 앉아있는 듯 얼굴이 화끈거렸다고 했다. 일방적인 통보라서 도대체 '내'가 무엇을 잘못한 거냐고 묻기조차 민망했다고 한다. 그러면서 친구는 무거운 한숨을 입 밖으로 내며 앞날이 걱정이라고 했다.

경제적인 부분을 혼자서 등짐 지려는 친구에게 '이제부터라도 남편과 나눠서 지는 게 어떠냐'고 물어보았다. 나도 한때 그녀처럼 모든 짐을 나 혼자서 감당하려 애썼다. 그 결과 늘 조급증에 시달렸고 사소한 일에도 화가 나고 짜증이 섞여 나왔다. 먼발치서 보면 열심히 사는 사람처럼 보였지만 본인은 갈바람에 말라가는 강변 갈대였다. 그래서 영혼은 점점 바스락거릴 뿐이었다.

밤 농사도 대농가이고 양파 농사도 마을에서 누구보다도 많이 짓고 있지만, 임대료와 해를 거듭할수록 비싸지는 품값으로는 당해낼 수가 없다고 한다. 댐 벽에 난 구멍을 누구 하나는 막아야 했고, 그 집에선 친구가 그 역할을 해오고 있는 거였다.

농번기에는 농사일이 바빠서 보호자가 대상자를 돌보지 못해 요양사가 턱없이 부족하다. 난리가 난다. 반대로 농한기가 되면 할 일이 없어진 보호자들이 은근슬쩍 찢어진 포대에 알밤 새듯 빠져나가 센터마다 대상자가 없다고 난리다. 요양 일을 하면서 겨울에는 요양 일도 비수기라는 걸 알게 됐다.

친구를 차 한잔으로 대접해 보내고 마음이 영 편치 않았다. 돌아가는 그녀의 뒷모습에서 삶의 고단함과 쓸쓸함이 느껴졌다. 친구 좋다는 게 무언가 싶었다. 오죽 답답했으면 나를 찾았을까 하는 마음이 들었다. 점심이나 함께하자고 나는 전화를 했다.

오늘같이 추운 날은 상대방으로부터 받은 마음의 상처가 더 아프고 더 시릴 것이다. 텅 빈 마음에 뜨끈한 국물이라도 먹여 보낸다면 마음은 덜 추울 거라는 생각이 들었다. 우리는 마곡삼거리에 있는 순댓국집으로 갔다. 뚝배기에 주인 인심이 듬뿍 얹어진 순대국밥을 마주하고 앉았다. 그리고 뚝배기의 검은 속내가 드러날 때까지 아무 말도 하지 않았다. 소박한 순대국밥 한 그릇이지만, 냉골이 된 친구의 마음이 따뜻하게 데워졌으면 하고 바라본다.

우리는 살아가면서 때때로 무방비 상태에서 재해를 입게 되고 상처받는다. 그 상처는 일상을 흐트려 놓기도 하고 그걸 기회의 발판으로 삼기도 한다. 나무는 바람 부는 들녘에 많이 노출되어 있을수록 그 뿌리를 땅속에 더 깊이 내린다고 하였다. 그만큼 시련에 강해진다는 말이겠다. 언제쯤일까? 우리가 삶의 시련에 강해질 때가.

🚲 마루에 앉아 가을을 썰며

들에만 나가면 빈손으로 들어오는 법이 없는 남편. 남편의 참나무 껍질 같은 손에는 아침저녁으로 아기 피부처럼 부드러운 애호박이 꼭 하나씩은 따라 들어온다. 그러다 보니 종종 애호박볶음을 해 먹고 얼마 안 돼 호박 부침개를 해 먹는데도, 냉장고 야채칸을 차지하고 있는 애호박 수는 좀처럼 줄지 않는다.

가을에 여는 애호박은 보는 대로 따야 한다. 뒤늦게 여는 애호박은 늙힐 수 없기 때문이다. 자칫 게으름을 피우다가는 등 너머로 기회를 노리고 있는 서릿발에 도둑맞기에 십상이다. 밤새 서릿발에 삶아져 검게 변한 애호박은 아무짝에도 쓸모가 없이 물컹거린다.

가을 호박은 밍밍한 맛의 여름 호박에 비해 달다. 찬바람의 영향인가 싶은데, 마을 사람들 말에 의하면 모든 채소가 갈바람에 숙성된다고 한다. 그러니 이웃이 찾아올세라 대문 걸어놓고 식구끼리만 먹는다는 속설이 있는 것이 아니겠는가.

남편 손에 들려온 애호박을 부지런히 반찬으로 해 먹었다. 된장찌개에 넣고 새우젓을 넣어 볶음도 하고 그런데도 그 수를 줄이기에는 역부족이다. 이참에 작년까지만 해도 시어머님께서 해오셨던 호박 꽂지를 하기로 마음먹었다.

시어머님께서는 작년 겨울 뇌경색으로 인해 중도의 치매를 앓고 계신다. 시어머님의 손때가 묻었던 살림살이가 이제는 서서히 기억의 저편으로 사라져가고 있다. 그리고 농사일이며 집안 살림이 오로지 며느리인 내 몫이 되었다. 시어머님께서 소소하게 도와주었던 일들이 내 몫이 되고 보니 시시때때로 그 손길이 얼마나 큰 힘이 되었는지를 이제야 알게 되었다.

치매 때문에 애호박을 거들떠볼 생각도 하지 않으시는 어머님을 대신해서, 나는 볕 좋은 곳에 돗자리를 펴고 앉아 호박을 얇게 썰었다. 그리고 동그란 모양의 호박을 하나씩 돗자리에 펼쳐놓았다. 호박의 우윳빛 속살이 햇볕을 받아 반짝인다. 호박의 살 내음이 코끝을 간지럽힌다. 시골에 살다 보면 자연의 냄새를 알아가는 즐거움이 있다. 호박을 써는 내 모습에서 시어머님의 모습이 겹쳐 나도 모르게 피식 웃음이 새어 나왔다.

가을 햇볕에 말린 호박은 겨울에 입맛 없을 때 해 먹으면 좋다. 쌀뜨물에 담가 불려서 적당히 부드러워지면 들기름 넣고 달달 볶아서 들깻가루를 넣고 간을 하면 밥 도둑이 된다. 남편도 나도 겨울 반찬으로 호박 꽂지를 좋아한다. 들기름의 고소한 맛과 호박의 부드러움이 궁합이 잘 맞는다.

시어머님께서 치매를 앓게 되면서 우리 집 식탁에서 토속적인 음식이 하나씩 사라져 가고 있다. 직장생활 하면서 시간에 쫓겨 살다 보니 시어머님의 시골 손맛을 배울 틈이 없었다. 빠르게 조리하는 것과 간단하게 먹는 음식을 찾다 보니 우리 집 밥상은 점점 전문가 손맛으로 바뀌어 가고 있다. 쉽게 포만감을 느끼게 하고 짠맛 때문에 물켜는 음식에 길들여가고 있다.

가을볕에 앉아 호박을 썬다. 다람쥐처럼 겨우내 먹을 음식을 하나씩 저장하고 있다. 상고대에 서릿발을 이고 나서야 어느덧 나도 시골 아낙이 되어간다. 먹어서 뱃속 편한 음식이 우리 몸에도 무리를 주지 않고 건강을 지키는 비결일 것이다. 햇볕 아래서 가을의 풍성함이 보름달처럼 환한 미소를 짓는다.

🌿 머윗대의 변신

현관문이 열리더니 옆집 형님께서 까만 비닐봉지 하나를 내미셨다. 열어보니 데쳐서 깐 머윗대. 뛰어오를 듯이 반가웠다. 머윗대는 들기름을 넣고 볶다가 들깻가루와 쌀뜨물을 넣어 자박자박 끓이면 그 맛이 일품이다. 나는 머윗대 나물을 좋아한다. 그러나 나물로 먹기까지는 손이 많이 가서 번번이 게으름에 넘어지고 말았다. 데치고 껍질을 까고 먹기 좋게 쪼개고 시간 소비가 많아 큰맘 먹어야만 해 먹을 수 있는 귀한 나물이다.

친정집에 일주일간 손자를 맡겼던 딸 부부가 서울에서 아침 일찍 출발해 공주 마곡사로 오는 중이라 전화하였다. 점심은 마곡사에 있는 식당에 예약해 두었다며 그곳에서 만나기로 약속을 잡았다. 우리 부부는 딸 부부가 도착할 시간에 맞춰 손자를 데리고 마곡사로 향했다. 우리가 식당 문을 열고 들어서자 언제 왔는지 딸 부부도 뒤따라 들어왔다. 우리 일행은 창가로 자리를 잡고 앉았다. 그러자 종업원이 기다렸다는 듯이 밑반찬을 가져와 식탁 위에 차려놓았다. 딸은 밑반찬 중 궁 채 나물을 보고는 반색하였다.

"이 반찬 자기가 좋아하는 거다."

어느 날 문득 등장한 중국산 궁채나물이 특이한 식감 덕분에 요즘 식당의 밑반찬으로 인기를 끌고 있다. 젊은이들이 좋아할 만한, 마치 고무줄을 씹는 듯이 질기면서 오독오독 소리가 나서 매력이란다. 그러나 치아가 부실한 사람은 절대 먹을 수 없는 나물이기도 하다. 전체 틀니인 남편의 표정은 딸과는 반대로 시큰둥이다.

점심을 마곡사에서 먹은 후, 남편은 어디론가 가고 딸 부부와 함께 집으로 내려왔다. 주방에서 차를 마시고 있는데 손전화가 울렸다. 남편은 정산 골에 머윗대가 많더라며 베어 온다고 한다. 생뚱맞은 남편의 행동에 웬 머윗대냐고 되물었다. 그러자 남편은 사위가 머윗대 나물을 무척 좋아한단다. 아까 반찬으로 나온 궁채를 남편은 먹어보지도 않고 머윗대로 착각한 것 같았다. 나는 사위가 좋아하는 것은 물렁물렁한 머윗대가 아닌 식당에서 나온 궁채라고 말해주었다.

마곡 식당에서 반찬으로 나온 건 들깨 범벅임에도 초록 빛깔이 선명하게 드러나는 궁채나물이었다. 딸이 궁채 나물을 보자마자 자기 남편에게 '자기가 좋아하는 반찬'이라고 말하는 걸 내 귀로 똑똑히 들었다. 그런데 한 시간 전 일을 가지고 머윗대라고 우기는 것은 어디에서 오는 확신인지 어이가 없었다. 나는 남편이 잘못 알고 있음을 알려주기 위해 딸에게 확인차 물어보았다. 그런데 딸의 대답은 이외였다. 궁채나물을 보고 머윗대 나물로 착각했단다. 어떻게 이런 일이? 사위도 임플란트해서 질기거나 딱딱한 음식보다는 말랑거리는 걸 좋아한다는 거다.

문득 옆집 형님이 주고 간 머윗대가 생각나서 사위한테 바로 머윗대를 볶아주겠다고 하였다. 그러자 사위는 손이 많이 가는 걸 어떻게 금방 할 수 있냐고 의심 가득한 눈빛이다. 나는 보란 듯이 소매를 걷어붙였다. 그리고 옆집 형님께서 주신 머위 대를 냉장고에서 꺼내 들기름을 팬에 두르고 들깻가루를 얹어 볶아내었다. 맛을 본 사위가 너무 좋아하였다. 딸은 시댁으로 가면서 볶은 머윗대를 모조리 포장해 갔다. 저녁 밥반찬으로 먹겠단다.

사위가 머윗대 나물을 좋아하는 걸 알고서, 남편은 신바람이 났다. 다음날 정산골에 다녀온 남편, 머윗대를 한 아름 잘라 왔다. 우리가 먹기에는 너무 많다고 하자 머윗대가 가장 맛있을 시기는 5월이라고 하였다. 이 시기를 놓치면 머윗대 안에 벌레가 들어앉아 먹을 수 없다고 한다. 남편은 삶아서 냉동고에 보관해두었다가 사위가 오면 해주라고 당부하였다.

친구한테 이 말을 했더니 머윗대는 얼려두었다가 해동하면 실가닥처럼 풀어져 먹을 수 없다고 한다. 그러니 햇볕에 말려 두었다가 묵나물을 해주라고 하였다.

그러나 지금까지 머윗대로 묵나물을 했다는 소리도 들어보지 못하였다. 곰곰이 생각한 끝에 머윗대 장아찌를 담아보기로 하였다. 때마침 사다 놓은 장아찌용 간장도 충분히 있었다. 머윗대를 삶아 물기를 빼고 먹기 좋게 잘라 통에 넣고 장아찌용 간장을 부었다. 큰 통은 마당에 있는 저온 창고에 보관하고 작은 통에 담은 건 집안 일반 냉장고에 보관했다. 그리고 3일의 숙성기간을 거친 후 식탁 위에 반찬으로 내놓았다.

남편의 입안에서 오이를 씹는 것처럼 아삭아삭 맛있는 소리가 났다. 남편은 머윗대 장아찌로 금세 밥 한 공기 뚝딱 해치웠다. 그러면서 아삭거리는 식감이 너무 좋다고 한다. 들바람 냄새가 물씬 나는 침샘 유발 머위 향도 좋고 연한 것이 내 입맛에도 딱 맞았다. 머윗대 장아찌는 맛도 좋고 냉장 보관하면 장기 보관도 가능할 듯싶었다.

오늘도 남편은 머윗대를 찾아 대중리 마을을 갔다. 그리고 곧바로 남편으로부터 전화가 왔다. 전화를 바꿔주는데 머윗대를 베러 간 집의 형님이셨다. 형님은 남편한테 들었다며 머윗대 장아찌 담는 법을 알려달라고 하셨다. 형님도 머윗대를 무척 좋아하는데 잘되었다고 하셨다.

올해 가교리 마을은 유행처럼 머윗대 장아찌를 담가놓느라 집마다 분주하다. 아삭아삭 맛있는 소리가 굴뚝의 연기처럼 사립문을 넘어 입으로 퍼져나간다. 머윗대의 변신은 앞으로도 끝없이 이어질 것이다. 인간의 생각은 가끔 계절을 집안에 묶어두기도 한다.

2022년 5월 7일 토요일

🌰 밤나무의 반란, 기계톱 먹은 나무

　겨우내 폭설에 묶였던 시골 마을, 훈풍이 불어오자 밤 농가들은 너도나도 산으로 발걸음을 재촉한다. 추위로 미뤄두었던 밤나무 가지치기와 죽은 나무 잘라내기 등 잎 트기 전 서두르지 않으면 낭패를 본다. 밤 산 이곳저곳에서 농번기의 시작을 알리듯 골짜기에서 품어대는 요란한 전기톱 소리가 마을의 고요를 찢어놓는다.

　가뭄에 콩 나듯이 하나씩 흙을 들고 올라오는 냉이. 작은 눈 동그랗게 최대치로 올려 뜨고 언덕을 샅샅이 뒤져 한 줌 뜯었다. 뚝배기에 된장을 풀고 보글보글 봄을 끓이며 이른 저녁을 준비하고 있었다. 그때 마당에서부터 다급한 음성이 들리더니 남편이 집안으로 들어 왔다.

　다짜고짜로 대중리에 있는 밤 산엘 가자는 남편. 이유를 물어보니, 소형전기톱으로 커다란 밤나무를 자르다가 중간쯤에서 톱날이 물렸다고 한다. 혼자 힘으로는 도저히 해결할 수 없어서 왔노라며 남편이 하도 성화를 부리는 바람에 나는 덩달아 허둥지둥 서둘렀다. 장화를 신고 가야 마땅한데도 하필 여름 슬리퍼를 신고 나서다니! 정신을 어디에다 팔아먹었던지….

화물차는 대중리를 향해 바퀴를 굴렸다. 그리고 밤 산 입구에 도착하자마자 남편은 차를 주차해놓기 무섭게 뒤도 안 돌아보고 흡사 날다람쥐처럼 사뿐사뿐 산을 탔다. 톱 먹은 나무까지 간 남편은 내가 올라오는 그새를 못 참고 잘라놓은 통나무를 굴리기 시작하는데, 그것도 내가 올라가야 할 지름길만 골라서 통나무를 굴리는데, 아이고, 나는 이리저리 굴러오는 통나무를 피해 두 걸음 앞으로 올라갔다가 한 걸음 뒤로 미끄러짐을 반복했다. 마치 스텝을 밟듯이. 겨우내 언 땅이 녹아 질퍽한 산길은 슬리퍼의 악조건과 맞물려서 상당한 난코스를 제시했다. 그래서 익숙하던 산을 타느라 별의별 안간힘을 다 써야 했다.

"왜 안 올라오고 꾸물대는 거야?"

잘라놓은 통나무를 다 굴렸는지, 남편이 버럭버럭 고함 질렀다.

"인간아, 갈 기회를 줘가면서 올라오라고 해라."

나는 혼자 구시렁대면서 통나무와 밤송이를 피해 가까스로 정상까지 갔다. 현장에 도착해 보니 아주 가관이었다. 우람한 나무 둥치 허리쯤에 박혀있는 작고 겸손한 전기톱. 아무리 작아도 기계톱이랍시고 그 동력을 과대평가한 처참한 결과였다.

남편이 지시한 대로 나무를 전기톱이 박힌 반대 방향으로 힘껏 밀었다. 그런데 웬걸 단단히 박힌 기계톱은 꼼짝도 하지 않았다. 남편과 나는 기계톱을 꽉 물고는 절대로 놓지 않겠다는 밤나무와 줄다리기하며 실랑이를 벌였다. 어느덧 무성산 꼭대기에서 검은 짐승이 내려오고 있었다. 어둠을 끌고 성큼성큼 마을로 내려오고 있는 땅거미에 마음이 급해진 남편. 드디어 여자 힘으로는 불가능하다고 판단, 다른 곳으로 전화를 걸었고, 결국 밤나무의 반란은 종지부를 찍었다. 옆집 아저씨가 등장한 것이었다.

그러나 소용없었다. 어렵사리 나무에서 **빼낸** 전기톱은 그만 고장이 나고 말았다. 나무가 톱날을 잘근잘근 씹어 놓았기 때문이다. 남편은 이번에는 소형전기톱보다 두 배는 큰 전기톱을 주문했다. 작은 것이 아무리 힘이 좋다고 해도 몸집이 바위 같은 나무를 베어 넘기기란 역부족이란 걸 절실히 깨달은 것 같다.

일주일 후 남편은 택배로 새 전기톱을 받자마자 대중리 산으로 갔고, 시원한 대가를 보여주려는 듯 아주 깔끔하게 그 나무를 잘랐다. 속절없이 경운기에 실려 온 나무는 인정사정없는 도끼 맛을 보았고, 지금은 화목보일러 옆 장작더미에 앉아 얌전히 제 몸의 습기를 말리고 있다.

그 뒤로 지금까지, 아직은 기계톱을 탐내는 간 큰 밤나무가 나타났다는 이야기는 들어보지 못하였다. 그들도 아마 문명에 어설프게 덤벼봤자 소용없다는 걸 뒤늦게야 깨달은 모양이다.

밤 재배지인 공주, 밤 산 여기저기서 기계톱들의 우레같은 아우성이 시작되었다. 우두둑! 잘려나가는 밤나무들의 외마디 비명이 골짜기마다 메아리를 낳고 있다.

🌿 변기통의 오리발

겨우내 겹겹이 쌓아놓았던 이야기를 가지 끝에 꽃망울로 매달 았다. 사월에 접어들자 꽃들의 아우성은 축구 애호가들의 응원처럼 번져가고, 이때를 놓칠세라 봄나들이에 분주한 사람들. 그들은 마냥 윗목으로만 미뤄두었던 일정을 달력에 **빽빽**하게 적어놓는다. 코로나의 족쇄가 풀리자마자 달력에 수없는 동그라미가 그려진 것이다.

그동안 종손이 지내던 12개의 제사를 올해부터는 산소에서 지내기로 했다고 한다. 사촌 형님께 그 소식을 전해 듣고 마음이 편치 않았다. 그날이 하필 방통고를 입학하고 두 번째 수업 날과 겹치기 때문이다. 아직 남편한테는 방통고 다닌다는 이야기를 꺼내지 못하여 요양사 교육이라고 둘러대었다.

학교 수업을 마치고 오후 5시가 되어서야 집으로 돌아왔다. 축사 마당에 있어야 할 남편의 차가 보이지 않아서 미안한 마음에 남편과 사촌 형님께 전화를 넣었다. 산소 일이 아직 마무리되지 않았는지 전화를 받지 않았다. 남편 일손을 돕기 위해 마당에 차를 주차하고 축사로 갔다. 구유에 사료를 부어주고 짚단도 가져다가 펼쳐 주었다. 그리고 손수레에 땔감을 싣고 와 화목보일러의 불도 지폈다.

　그런데 막상 현관문을 열고 들어섰더니, 아 아니, 집 안에서 남편 기척이 나는 게 아닌가. 목욕하려는지 화장실 바닥에 앉아 바지를 벗으려 하고 있었다. 몸이 중심을 잃고 앞뒤로 휘청거리는 것이 오늘도 술에 얻어맞은 듯하였다. 목욕은 술 깬 다음에 하고 잠 먼저 자라고 남편을 부축해 소파에 눕혔는데, 그사이 남편은 구토가 나는지 입을 틀어막고 화장실엘 달려갔고, 몇 차례나 들락거렸다.

　다음날, 남편은 아침밥도 먹을 생각을 하지 않고 무언가를 열심히 찾으러 다니는 거였다. 뭘 찾느냐고 물었더니 틀니가 없어졌다는 것이다. 아니, 입속에 있던 틀니가 없어졌다니, 그게 말이 되는가? 그러면서 보니 남편은 정말 합죽이가 되어 있었다.

　소파 밑, 냉장고 위, 세탁기 밑 등등, 평소 남편의 행적을 찾아 샅샅이 뒤지고 다녔지만, 도대체 틀니의 행방은 깜깜 오리무중이었다. 나는 혹시나 하는 생각에 일회용 장갑을 끼고 변기 속에 손을 넣어 더듬어 보았다. 그래도 손에 잡히는 게 없었다. 구토하다 변기에 빠트릴 수도 있고, 만약 빠뜨렸다면 변기가 막혔을 터인데 변기 물은 잘 내려갔다.

　그런 말을 남편한테 했더니 그사이 마당으로 나가 정화조도 뚜껑을 열어본 모양이었다. 저번 주 정화조 청소를 하고 다른 오물이 들어갈까 단단히 눌러 논 나무판이 마당에 널브러져 있었다. '

아니, 정화조에서 틀니를 발견했다면 그걸 다시 끼려고 했단 말인가?'

나는 얼마 전 코로나를 심하게 앓았다. 온몸 아픈 것도 아픈 거지만 음식을 먹을 수가 없었다. 아니, 음식 맛을 느끼지 못하였다. 쓴지 단지, 도무지 아무 맛이 나지 않았다. 그제야 사람한테 입맛이 얼마나 중요한지를 알게 되었다. 그동안 살을 뺀다고 폭발하는 입맛을 누르며 굶었던 것이 얼마나 어리석은 일이었던지를 알았다. 입맛 없는 것이 무엇인지를 모르겠다는 친구도 있지만, 입맛이 있어야 살맛도 생긴다는 걸 알았다.

그러니 지금 남편에게 술이 죄니 뭐니 하고 지금 따질 문제가 아니었다. 일단 먹게끔은 해놓고 잘잘못을 따질 일이었다. 남편은 그렇지 않아도 틀니가 불편해 다시 하려고 마음먹었다고 말하였다. 틀니를 잃어버려서 하는 거와 있는 틀니가 불편해하는 거와 어떻게 같단 말인가.

남편을 태우고 치과에 갔다. 치과 선생님은 틀니의 실종 사연을 듣고 어이가 없으신지 입가에 반달을 걸어놓으신다. 틀니의 본을 뜬 남편은 한결 마음이 놓였는지 아니면 아직 철이 덜 들었는지 집으로 돌아가는 길은 상원 골로 돌아가자고 한다. 상원 골에 얼마나 꽃이 피었는지 보고 싶다는 것이다.

소 내장같이 꼬불꼬불한 상원 골 도로, 복숭아꽃과 벚꽃은 이번 주가 절정기인지 온 천지에 만발했다. 남편은 자기가 지금 죄인이라는 걸 잊은 거 같다. 합죽이가 된 입으로 연신 감탄사다. 그동안 낭만이 메말랐다고 했더니 틀니를 잃어버리고 합죽이가 되고 나서야 낭만 충만 아닌가. 해 맑은 저 표정에 누가 짱돌을 던지랴.

틀니를 꿀꺽해버렸다고 심증이 가는 화장실 변기는 여전히 오리발을 내밀고 있다.

🌿 봉갑리 카페

꽃 잔치가 절정일 때를 맞춰 한바탕 봄비가 다녀갔다. 땅에 떨어져 축축이 젖어있는 꽃잎을 내려다본다. 일선에서 물러난 사람의 삶과 많이 닮아있다는 생각이 든다. 자연은 어쩌면 내어주는 것에 대해 사람처럼 인색하지는 않은 거 같다. 이기심 없이 순리대로 살아가는 자연, 꽃진 자리에 이제는 열매와 잎이 채워갈 것이다.

일상의 먼지로 인해 마음이 흐려지면 그 유리창을 닦아내기 위해 찾는 곳이 있다. 신풍면에 있는 봉갑리 카페다. 신풍 사는 친구를 통해 처음 알고서, 고요한 시골 풍경에 홀딱 반했고, 그곳을 나만의 치유 공간으로 삼았다.

시골에 살면서 찾아가는 곳이 겨우 시골이라고 말하는 친구들도 있었다. 그러나 시골마다 그 분위가 다 다르듯 봉갑리엔 가교리에선 느낄 수 없는 봉갑리 카페의 소금빵 맛이 있다.

그곳을 알아내고 나는 많은 친구를 봉갑리 카페로 이끌었다. 그들도 나처럼 한번 와보고 금방 반하였고, 가족이 모이는 날이면 꼭 그곳을 찾게 되었다고 하였다. 그래서였는지, 가끔 혼자 봉갑리 카페로 가보면 미리 약속이나 했던 것처럼 그들을 만나기도 하였다.

딸과 세 살 손자도 봉갑리 카페를 좋아하였다. 넓은 마당이 있어서 아이들이 마구 뛰어놀아도 주변에 해를 끼치는 일이 없어서다. 또한 카페 주변 곳곳에는 주인의 손재주를 감상할 수 있는 목공예들이 전시되어 있다.

특히 손자는 산 아래 작게 만들어 놓은 골프 공간을 좋아하였다. 손자는 그게 무엇인지도 모르면서 골프채를 쥐고 공을 치는데, 그걸 대단한 놀이로 아는지 집에 가는 것도 잊을 만큼 푹 빠졌다. 집에 갈 때가 되어 손자를 차에 태우려면 한바탕 실랑이를 벌어야만 했다.

봉갑리 카페를 지나 걸어서 5분 거리에는 수리치골 성모 성지가 있다. 매점에 가면 수녀님들이 커피를 팔고 손수 만든 물건들을 판다. 양띠 일행은 그곳에 가면 꼭, 스카프를 사서 서로에게 선물한다. 일상의 한 모서리 길에서 우연히 친구를 만났을 때, 그 친구가 내가 선물한 스카프를 목에 두르고 있으면 기분이 좋아진다. 내 선물을 잘 활용하는 거 같아서다. 나이 들어서 느끼는 것 중 하나는 목이 시려오는 것이다. 적은 금액으로 나누는 따스함은 의외로 난로가 되어 온몸을 데워 주곤 하였다.

아내 입에서 '봉갑리. 봉갑리'하는 통해 남편도 그곳을 좋아한다. 아니 남편 쪽에서 보면 싫어할 수가 없다. 현장 일을 하는 남편의 사무소가 봉갑리에 있고, 대표가 그곳 마을에 살고 있기 때문이다. 남편은 건설사무실에 다녀왔음에도 마치 봉갑리 카페엘 다녀온 것처럼 말한다. 봉갑리 다녀왔다는 말이 그토록 자랑스러운 모양이었다.

요즘 마을 언니가 요양 일을 시작하였는데 우연히 봉갑리 아랫마을이었다. 첫 월급을 타고 월급 턱을 내겠다고 하기에 약속 장소를 봉갑리 카페로 잡았다. 그곳에서 차와 소금빵으로 가볍게 점심을 때우고 나서 수리치성지로 산책을 나섰다. 성지를 요새처럼 둘러싼 산은 마침 벚꽃과 진달래가 만발하였다. 우리 넷은 나무로 엮어진 계단을 통해 올라가며 적막과 함께 온 봄 이야기를 가슴에 옮겨적었다.

변화보다 익숙한 것에서 편안함을 느끼는 나이가 되었다. 티브이에서 자연인을 너무 봐서인지, 산골 가교리에 살면서도 더 깊은 대중리 골짜기로 가서 살고 싶어진다. 화려한 네온사인 불빛보다 달빛이 좋고, 초록 물결이 마음을 다독인다. 내가 점점 자연 속에 융화되어가고 있다.

봉갑리 카페, 그곳에는 가끔 다람쥐가 손님으로 찾아오기도 하고, 휘파람새가 감나무 가지에 앉아 노래를 불러주기도 한다.

🚲 새벽을 자르는 뒷집아저씨

먹는 거 다음으로 잠을 사랑하는 나는 삶의 일부를 잠으로 찌
웠다고 해도 걸맞겠다. 자도 자도 파도처럼 밀려오는 잠. 어떻게
그렇게 잠에 빠질 수 있냐고 물으신다면 그건 내 세포들에게 질문
하시라 말하겠다. 사실, 육체의 세입자일 뿐 정신세계마저도 주인
이 따로 있다고 할 수 있다.

전생에 나라 팔아먹은 죄보다 더한 어떤 중죄를 지었기에 깨
어나서도 힘들게 일하는 내가, 꿈속에서까지 여전히 일하고 있
다. 바닷가에 사는 처자가 되어 해변에서 수많은 미역을 늘어놓고
있거나 그도 아니면 정의 사도가 되어 불의와 맞서 싸우고 있다.

절대로, 남편과는 꿈속에서까지 싸우는 일은 없다고 말하고 싶
다. 그러나 남편은 거기까지 쫓아와 간간이 시비를 걸어온다. 그
래서 어쩔 수 없이 상대하다 보면 꿈속인 줄도 모르고 치열한 전
쟁을 벌인다. 그건 그렇고 아무리 귀신이라도 보이는 것도 아닌
데 귀신도 어찌 알았는지 매일 꿈속에까지 아주 징글징글하게 찾
아와 쫓고 쫓기는 추격전을 벌이느라 정신없다. 그래서 잠을 자도
자는 것이 아니다.

그러니 늘 피로에 절어 있어 아침 해가 엉덩이를 밀다 지칠 때쯤 밤새 이부자리에서 헤매다 머리채 잡힌 머리를 하고 부스스 일어난다.

~윙 윙윙~~드드드득

어디서 탱크 쳐들어오는 소리가 들린다. 아무리 이불을 뒤집어쓰고 귀를 틀어막고 별짓을 해봐도 깬 잠은 손을 흔들며 방문을 박차고 나가버린다. 부스스 눈을 뜨고 창문을 여니 어둠은 아직 작은 별들과 함께 가교 개울가에서 첨벙거리고 있다.

'지금 이 시각에 누가?' 소리의 발원지를 더듬어보니 다름 아닌 뒷집아저씨가 나무보일러에 지필 땔나무를 자르면서 내는 전기톱 소리였다.

'어찌 이 시각에. 그것도 다들 잠들어있는 틈을 비집고?'

한동안 나는 새벽잠을 자르는 전기톱 소리를 참느라고 마구 씩씩대었다. 급기야 잠옷 차림으로 방문을 열고 나가 거실 바닥에 들깨 붓듯이 육두문자를 쏟아냈다. 그러고도 분을 삭이지 못하고 널뛰고 있는데 남편은 너무 과한 반응을 보인다며 냅다 소리 질렀다.

일주일 후, 귀신들은 미용실을 다니지 않나 보다. 아니면 긴 머리가 그들의 유행 마크인지 오늘도 미역처럼 길게 늘어진 머리로 나타났다. 여전히 꿈속에서 사투를 벌였고 아직 결론을 못 내고 있었다. 한 번은 반드시 이기고야 말겠다는 신념으로 안다리를 거는 순간,

윙 윙윙~~드드드득~

가교리 마을에 지진이 난 줄 알았다. 알아볼 것도 없이, 아니, 보나 마나 뒷집아저씨다. 도대체, 저분은 이 새벽에 왜 저러는 걸까? 일주일이 멀다 하고 새벽에 전기톱질을 하는 아저씨. 그 내면을 들어가 어떤 사연이 그토록 새벽잠을 이루지 못하고 마을 사람들의 꿀잠에 관여해 모조리 산통을 깨는지, 격하게 조사하고 싶어진다. 한겨울에도 새벽에 불을 켜놓고 나무를 자르니 더 뭔 말을 하겠는가.

잠깐 이분을 짚고 넘어가 봐야겠다. 객관적으로 볼 때, 이분은 절대로 바쁜 분이 아니다. 연세는 70 고개를 넘어 80을 코앞에 두었으며 농사라곤 손바닥보다 작은 텃밭만을 두고 있다.

그리고 아침에 땔나무가 없어서도 아니다. 집 담장 주변으로 수많은 나무를 쌓아놓고 있다. 종일 나무 그늘에 앉아 넘치는 시간을 어찌해야 할지 주체하지 못하고, 마을 길을 배회한다. 걷기 운동만이 그분의 고정된 일정이다.

많은 시간을 두고 굳이 왜? 뭐 땜에 일주일이 멀다하고 저러는지, 성질대로 단걸음에 달려가 따져 묻고 싶지만…. 주변 누군가가 먼저 나서줬으면 하는 바람이 크다. 혹여나 큰소리로 정의 구현을 한들 좁은 마을에서 수도 없이 부딪힐 텐데 마주칠 때마다 쫄깃해지는 심장의 안위를 위해서라면 이해가 갈까.

더욱 요즘 들어 시를 접하고 아름답게 살려는 시점에서 이제까지의 정진을 헛수고로 만들고 싶지 않아 목울대에서 힘차게 솟구치는 불길을 겨우 누르고 있다.

'엄마는 예쁜 말만 골라 시를 쓰면서 말은 왜 이렇게 자갈밭이야.'

얼마 전 딸의 한마디에 얻어맞았었다. 그렇게 말을 아름답게 하지 못하나 하는 깊은 깨달음도 물론 한몫했다. 그게 얼마나 됐다고 아름다운 얼굴을 한 여인네가 돼지 멱을 따며 새벽 담장을 넘어 소란을 피우나? 그건 아닌 거 같기도 해서 지금까지 참을 인(忍)으로 버티고 있다.

농부로서의 삶은 부지런함이 풍년과 흉년을 판가름 짓는다. 미련하게 한낮의 태양과 맞서지 않으려면 일찍 잠을 털고 일어나야 하고, 그것은 농부들의 현명한 습관이다. 일찍 논밭에 나가 한나절 일을 끝내고 한낮 열기에 취하기 전 그늘에 누워서, 반납했던 새벽잠을 오수로 채운다. 남편과 결혼해서 이제까지 새벽밥으로 실랑이를 벌이는 것도 도시 아가씨와 시골 총각의 처한 상황을 서로 조율하지 못한 까닭이다.

새벽밥을 먹고 들에 나가야 하는 사람, 직장생활을 해 아침잠이 고픈 사람. 서로가 본인 입장으로만 해석하는 일이 싸움의 시발점이 되기도 한다. 삼십여 년의 결혼생활에도 남편의 새벽형 습관이 서로 포기가 안 돼 아직도 분란의 불씨가 되고 있다.

이젠 시골 마을도 나이를 먹긴 했다. 아저씨가 갑자기 불쑥 튀어나오기 전까진 말이다. 지금은 동찬 아빠가 건강이 좋지 않아 그렇게는 못 하지만. 그것도 또, 뒷집에 사는 동찬 아저씨가 새벽이면 경운기를 터트려 죽을 뻔했다. 얼마나 부지런한지 야근하는 달이 졸기도 전 남들은 자거나 말거나 경운기를 마을이 떠나가라 터트려 논밭으로 나간다. 물론 새벽밥인지 아침밥인지 모를 식사를 하고서. 그리고 어두우므로 일은 하지 못하고 밭둑에 앉아있다. 날이 밝기를 기다리며 빗자루로 어둠을 쓸고 있다. 그분의 아내도 마찬가지여서, 나는 부지런한 사람이면 아주 학을 뗀다.

저세상에서라도 길 가다가 남편과 마주친다면 아는 체하지 않겠다.

"혹시 이슬 엄마 아닌가요?"

그러기만 해봐라, 격하게 손사래 치며 고개를 흔들겠다.

"아니요, 절대로 아녜요. 전혀 모르는 사람이에요."

그러며 혼비백산 줄행랑칠 거라고 하자, 사람들은 깔깔대며 뒤로 넘어갔다.

오늘도 그 일주일이 지났기에 기계톱 소리가 또 새벽잠을 자르고 있다. 그래서 잠은 일찌감치 반납하고 남편과 마주 앉아 5시도 안 돼 아침밥을 먹어버렸다.

새벽에 경운기를 터트렸던 아저씨가 구시렁댄다.

"우리 아들 늦게까지 일하고 와서 아직은 더 자야 할 시간인데 왜 저러는 거야?"

'내 말이.'

동찬 아빠도 이제야 과거 본인이 끼친 민폐를 깨달은 걸까? 부지런함도 때론 남들한테 민폐가 됨을 한 번쯤 생각해봤으면 좋겠다. 다닥다닥 붙은 산촌 집 구조상 바로 문 앞에 두고 인정사정 볼 것 없이 전기톱을 날리는 건 어떤 이기에서 오는 걸까! 오로지 주위 사람은 없고 자기만 있는 이기심 범람으로 오는 행동일 것이다. 작은 시골 마을, 더불어 사는 평화로운 마을이 되었으면 좋겠다.

🚲 서울 병원 가는 날

금요일은 밤나무골 영진 형님께서 용봉탕을 해주셨고 토요일은 정산 골 친구 희숙이가 닭백숙을 해주었다. 비워진 위장에 연이틀 백숙으로 채워주며 뽀빠이처럼 힘을 내라고 한다. 그것도 중년을 넘어 노년으로 가는 여인에게…

내일은 아들과 함께 서울에 간다. 우등버스를 타고 가면 편할 것을 굳이 시간도 더 걸리고 비용도 더 들 자차로 가잔다. 누나네 집에도 들러 조카를 보고 와야겠다는 것이다. 아들은 도대체 조카 녀석이 왜 이리 보고 싶은지 모르겠다며, 조카의 매력에 푹 빠져버렸다고 한다. 하기야 나도 매일 몇 번씩 질리도록 화상대화를 하는데도 보고 싶으니, 손자가 마약 같은 매력을 가진 건 인정한다.

어떤 결과가 기다리고 있을지 사뭇 두렵다. 딸을 통해 약간의 언질을 받긴 했지만, 의사의 입을 통해 쏟아지는 앞으로의 계획은 절망보다 희망의 이야기가 많았으면 좋겠다.

이미 일어난 일에 대해 나는 이제껏 '왜?'라는 단어를 쓰지 않았다. 후회는 아무리 빨리해도 후회이듯 이미 엎질러진 일에 대해 따져 물은들 무엇하겠는가. 그런데도 문득문득 시침을 따라잡는 초침처럼 희망을 따라 잡히고 마는 절망은 여지없이 소나기를 쏟아내곤 한다.

내 방 창문으로 들어오는 칠성산의 녹색 물결이, 나도 한때 산의 나무처럼 열정적으로 잎을 넓혀가는 날이 있었다. 그리고 아직도 그럴 날이 많이 남았다고 생각한다.

'다시 재수술해야 한대.'

딸의 말이 이명처럼 메아리로 들려온다.

내일은 고대병원으로 수술 결과를 들으러 가는 날이다.

🍂 술 포대 남자

하루도 거르지 않고 술독에 몸을 담그는 남자가 있다. 그의 별명은 젊은 날에는 미련을 떤다고 하여 백곰이었다가 나이가 들어갈수록 술 포대가 되었다. 현장 일을 마치고 밤이 어둑어둑해지면 참새가 방앗간을 그냥 못 지나치듯 남자는 말짱한 정신으로는 집을 찾지 못하였다. 바람에 대나무가 낭창낭창 온몸 흔들리듯 술서리를 맞고 단풍 든 얼굴을 하고서 두 다리를 휘청거리며 집 안으로 들어왔다. 그러니 그의 몸에선 늘 술빵 같은 술 냄새가 났다.

그런 남자지만 외아들. 치매를 앓는 어머니 눈에는 평생을 두고 귀하디귀한 존재였다. 치매 어머니의 낙이라면 날이 어두워지면 거실문에 코를 박고 눈 빠지게 아들 오기만 기다리는 일이다.

"왜 아직 안 온다냐."

그런데도 단 한 번도 그 남자는 어미의 마음을 알려고 하지 않았다. 더욱 그 남자의 아내가 암에 걸려 고생하거나 말거나 그 또한 안중에도 없다. 암 환자에게 스트레스가 가장 악영향을 끼침에도 시시때때로 눈에 거슬리는 행동을 하며 본인만 좋으면 된 거였다.

남자의 아내는, 건강도 건강할 때 지켜야 함을 강조하지만, 귓

등으로도 들으려 하지 않는다. 남자는 타고난 건강을 자랑하며 매일 술독에 빠지는 것을 멈출 마음이 전혀 없어 보였다. 그렇게 몸을 못 가눌 정도로 술을 마시고도 부지런함은 몸에 배어 새벽같이 일어나 아침밥을 먹고 현장으로 출근하는 남자. 여자는 그런 남자의 정신력에 번번이 놀라곤 하였다.

어제는 어쩐 일로 일찍 퇴근했다며 혀 꼬이는 소리가 아닌 다리미가 지나간 듯 말짱하게 아내한테 전화하였다. 그러고서는 역시나 친구 집에 술 한잔하러 간다며 전화하면 데리러 오라 당부하는 거였다.

아내가 한창 드라마에 빠져있을 때 남자한테서 전화가 왔다. 꽈배기가 되어버린 목소리로 횡설수설하는 것이 술자리가 끝나가는 듯 보였다. 그 남자 아내는 목도리까지 단단히 두르고 차의 시동을 켜고 집에서 출발하였다.

남자의 친구네 집까지 가려면 차는 인적이 뜸한 외진 곳으로만 달려야 한다. 겁이 많은 여자는 고민, 고민하다가 결국 큰길을 택했다. 지름길이 아니지만 좀 돌아가더라도 큰길이 안전하다고 판단한 거였다. 차가 거의 친구 집 근처에 왔을 때 여자는 남자한테 전화하였다. 길이 소 내장처럼 구불거리고 폭이 좁아 자칫 논으로 빠질 수 있으니 큰길까지 걸어 나오라고 하였다. 그러자 남자는 끝까지 우기며 친구 집 마당까지 오라 한다. 여자가 싫다고 하자 친구 아내한테 전화를 바꿔주었다. 친구 아내는 다정한 음성으로 온 김에 와서 차 한잔하고 가라 권했다. 여자는 몸 상태가 그리 좋지 않아 정중히 거절했다.

전화를 끊고 차 안에서 기다리는데 어둠 속에 휘청휘청 검은 물체가 움직였다. 술 포대 남자였다. 어제 외출했다가 조수석에 방치했던 핸드백을 남자가 앉도록 뒤 자석으로 던졌다. 어깨에 힘을 주자 갑자기 어깨통증이 온 거였다. 남자가 조수석에 타는 동안 여자는 연신 신음하며 괴로워했다. 남자는 여자가 아픈 것은 한두 번이 아니므로 신경을 쓰지 않았다. 단지 친구 집까지 데리러 오지 않은 거에만 화가 잔뜩 나 있었다. 여자는 어깨통증이 조금 가라앉자 수동 멈춤 장치를 내리고 액셀러레이터를 밟아 차를 출발시켰다.

암 투병 중인 여자는 암 재발을 막기 위해 호르몬제를 복용하고 있었다. 그 약의 여러 부작용 중 하나인 관절 통증을 심하게 겪고 있다. 자다가도 뒤척이고, 뒤척이다가도 어깨통증이 오면 자지러지게 아파서 비명이 나왔다. 통증이 가라앉을 때까지 입술을 깨물며 울음을 삼켜야 했다. 그 고통을 겪어보고 나서야 무릎 통증은 어깨 통증에 비해 아무것도 아님을 깨달았다.

남자도 어깨통증이 얼마나 아픈지 겪어봐서 알고 있다. 재작년 봄, 밭에 심어진 양파에 소독하려고 경운기 시동을 걸다 어깨 인대가 끊어졌었다. 처음 남자는 별일 아닐 거라 여겨 한 달을 참았다. 낮에는 어쩔 수 없이 일하지만, 밤에 자다가 통증이 오면 깨어 울었다. 참다 참다 수술하고 나서야 통증은 나아졌다. 그렇게 어깨통증에 대해 잘 알지만 본인 서운함이 늘 상대방보다 크기에 무관심이다. 절대로, 한 번도 여자의 상태를 살피지 않았다. 여자는 이런 일이 한두 번 겪는 게 아니어서 역시 남자의 반응에 신경 쓰지 않고 그러려니 한다.

남자를 태우고 집으로 왔다. 남자는 곧바로 대문에 몸을 기대더니 여자를 한 번 더 째려보았다. 여자는 모른 체 얼른 집 안으로 들어갔다. 그리고 여자는 방으로 가서 침대에 누웠다. 이렇게 별일 없이 평화롭게 끝났으면 좋으련만 남자는 지금부터 부부싸움을 시작할 기세다.

목욕탕에서 씻고 나오더니 꽈배기가 된 목소리로 시비를 걸어왔다. 여자는 귀찮은 듯 남자의 말에 대꾸하지 않았다. 남자는 여자한테 협박하듯 내일부터 출근하지 않겠다고 하였다. 여자는 남자의 말에 신경을 쓰지 않았다. 남자는 성난 황소처럼 씩씩대며 여자방을 몇 번 들락날락하며 성질을 내었다. 그러다가 제풀에 지쳤는지 거실에서 잠이 들었다. 여자는 남자가 잠든 것을 보고서야 티브이와 거실 불을 껐다. 그리고 잠을 청하려니 무성산까지 달아나버린 잠이 다시는 돌아오지 않았다. 여자는 새벽까지 상념을 꿰다 어렵게 잠이 들었다.

여자는 알람 소리에 잠에서 깼다. 거실에 나와보니 남자의 모습이 보이지 않았다. 내일부터 일하지 않겠노라던 남자는 그새를 못 참고 출근해 버렸다. 술 포대 남자를 누가 말리겠는가. 여자는 코미디가 따로 없다는 생각에 피식 웃었다. 그 남자는 내 남편이다.

3부

🌿 씀바귀꽃

가교리 하천 길을 걷다 보면 개구쟁이 바람이 옮겨와 심어 놓은 것이 참 많다. 칡넝쿨과 억새, 클로버, 야생 씀바귀 등등 그중에 주부의 눈을 번쩍 뜨이게 하는 것은 역시 먹거리인 야생 씀바귀다. 봄철이면 월례 행사처럼 집 나가는 입맛, 쌉싸름한 씀바귀에 초장이 끼어들어 손이 한번 거쳐 가면 밥 한 공기 뚝딱 게눈 감추듯 하게 한다. 쓴 입맛을 되찾아오는 데는 쓴 씀바귀가 한몫한다는 사실이 아이러니하다.

얼마 전 라디오를 듣는데 씀바귀꽃에 관한 이야기가 나왔다. 온몸이 쓴 씀바귀꽃을 과연 벌들이 좋아할까였다. 아마 사회자는 농촌 생활을 전혀 접하지 않은 사람이 분명했다. 씀바귀의 공통점은 트라이테르페노이드 성분 때문에 몸서리치게 쓰다. 그런 씀바귀꽃을 벌들은 싫어할 거라는 이야기였다. 그때 마침 가교리 하천길을 운동 중이었다. 나도 씀바귀가 온몸이 쓰기에 꽃도 당연히 쓸 거라는 생각이 들었다.

햇살이 채 썰어놓은 노란 씀바귀 꽃잎을 따서 먹어보았다. 그리고 새로운 사실을 알았다. 뿌리와 이파리는 물론 꽃대까지 쓴 씀바귀가 꽃잎은 의외로 달다는 사실을. 사회자 말처럼 꽃까지 쓸 거라는 생각은 오류였다. 이렇듯 가끔 우리는 착각이 진실의 눈을 가리기도 한다. 그 사람의 겉모습만 보고 단정 짓듯 그럴 것이라고 자기합리화를 하는 것처럼 말이다.

가방끈 짧은 것은 물론이고 산골 마을 고랑에 묻혀 사는 그냥 평범한 주부이자 농부였다. 우연히 글을 쓰게 되면서 등단까지 하였지만 나란 나무를 보면 사람의 눈길을 피해 있는 듯 없는 듯 존재감 없이 살았다. 그런 나를 유독 눈여겨보시고 공주 문학으로 이끌어 주신 분이 계셨다. 그러나 내세울 것 없는 나는 어디 가나 주눅이 들었다.

금강 여성문학회원이 되고 얼마 되지 않아 단체카톡방에 공고가 올라왔다. 회원 중 한 분이 올해의 문학인으로 선정되어 고마나루 아트홀에서 출판기념회가 있다는 거였다. 나는 또 망설여졌다. 내가 그 자리에 가는 것이 맞는지 고민하게 되었다. 그러던 중 회원으로부터 한 통의 전화를 받았다. 그분 말씀이 내가 회원의 막내이므로 필히 나와서 눈도장을 찍으라는 당부였다.

난생처음 가본 출판기념회는 많은 사람으로 붐볐다. 공주문화재단에서 개최하는 출판기념회 무대는 웅장했고 방송촬영까지 규모가 무척이나 컸다. 출판기념 내내 내가 이 자리에 있다는 것이 너무 영광스러웠고 예전과 다른 내 모습에 감동이 일었다.

그리고 가슴에서는 용솟음이 쳤다. 내가 가지고 있는 것에 주

늙이 들것이 아니라 언젠가는 나도 저 무대에 주인공이 돼야지 하는 꿈을 갖게 되었다. 그날 가슴에 커다란 소망 하나를 갖게 되었다.

새해가 되자 나와 절친한 친구로 지내는 한 선생님께서 전화를 주셨다. 문인협회에 공고가 떴는데 함께 공모전을 해보자는 제의였다. 나는 망설였지만, 그 선생님께서 밀어붙이는 바람에 시작하게 되었다. 등단한 지 8년이 된 나는 신진대상자는 되지 못하고 올해의 문학인으로 신청서를 써야 했다. 한 달을 준비하는 과정이 쉽지 않았다. 글을 수정하고 그동안의 내 문학의 이력을 수집하고 그러면서 마음도 설렜다. 자꾸만 세상 밖으로 나가려는 내가 두렵기도 하였다.

그리고 일 년이 채 되기 전 기적이 일어났다. 올해의 문학인으로 내가 뽑힌 것이다. 쓰레기라 여겼던 글들이 아주 쓰레기는 아니었다. 이제 사람 앞에 나서는 걸 두려워할 필요가 없어졌다. 포기하지 않는 한 언젠가는 빛을 보게 된다는 사실을 알았다.

지금도 가끔 씀바귀꽃을 생각한다. 쓰디쓴 온몸에서 단 꽃을 피워내는 씀바귀. 씀바귀를 보면 내 모습과 많이 닮았다.

🌿 아들의 직업

못 배운 한을 자식한테까지 대물림하지 않으려 죽을힘을 다해 살았다. 배움이 짧아 오랜 세월 철새처럼 떠돌았던 내 직장생활이 처참하였다. 그래서인지 딸은 다행히 엄마의 바람대로 현재 전문직으로 일하고 있다. 문제는 아들이었다.

학벌이 좋으면 무조건 좋은 직장을 얻을 거라고 굳게 믿었다. 그런데 그 생각은 빗나가고 말았다. 아들은 대학원에 진학하여 석사로 졸업했지만, 교문을 나서자 갈 곳이 없었다. 사회에 나와 석사 꼬리표는 아무런 힘을 발휘하지 못하였다. 요즘에는 외국으로 유학을 다녀온 박사들도 실업자가 수두룩하다고 하더니 가짜 뉴스가 아니었다.

IMF 때는 비교도 안 될 팬데믹 시대, 코로나 19. 젊은이들의 실업난이 더 심각해졌다고 한다. 아들뿐 아니라 아들 친구들이 대부분 일자리를 찾느라 동분서주하지만 일할 곳이 없다고 한탄하고 있다.

아들은 신학을 전공하였다. 공주 모 교회에서 전도사로 2년을 계약직으로 근무하다 정리해고를 당했다. 코로나로 인해 대면 예

배가 비대면 예배로 전환되면서 신도들이 눈에 띄게 줄었다고 한다. 전도사 월급을 걱정할 정도가 되어 아들을 더는 데리고 있을 수 없다는 이유였다.

서울이 친정이지만 일상생활이 어려운 치매 시어머님 봉양과 직장생활에 등 떠밀렸던 나는 몇 해를 두고 친정 방문은 꿈도 못 꾸었다. 이런 엄마의 상황을 배려한 것인지. 아들은 서울 병원에 간 김에 외삼촌들을 만나자고 하였다. 아들의 그 마음이 고마워 미리 오빠들과 남동생한테 약속을 잡아두었다.

병원 검진을 마치고 늦은 점심을 먹으러 친정 식구들과 성수동 모 식당에서 모였다. 그때 아들은 막내 외삼촌과 바짝 붙어 심각한 이야기를 나누듯 보였다. 거리도 거리지만 불판의 연기를 빨아들이는 환풍기 소리 때문에 두 사람이 무슨 이야기를 나누는지 알아들을 수가 없었다. 아들 덕분에 모처럼 친정 식구들을 만나고 기분 좋게 공주집으로 돌아왔다.

서울 다녀오고 난 후 아들은 한 달 후 서울로 이사를 할 거라고 말하였다. 환경 사업을 하는 막내 외삼촌네 회사에 가서 일하겠다는 거였다. 아들이 왜 서울엘 동행했는지 그 이유를 알았다. 나는 아들의 이야기를 듣고 망연자실했다. 명색이 석사학위까지 딴 아들이 청소일을 하겠다니. 그것도 위험한 빌딩유리창 닦는 일을. 그러나 아들의 결심은 어느 돌탑보다도 견고했다.

아들이 대학원을 졸업하고 아주 갈 곳이 없었던 것도 아니었다. 대학교에서는 계약직이지만 교직원으로 남길 바랐었다. 나도 남들한테 명목도 서고 보기에도 좋고 그러길 바랐었다. 그러나 아들의 생각은 달랐다. 적은 월급에 생활도 안 되고 그 돈으로는 결혼은 꿈도 못 꾼다고. 젊었을 때 열심히 일해서 돈을 모아야 한다는 나름 확고한 경제관념을 가지고 있었다. 아들의 설득에 남편도 나도 더는 서울 가겠다는 아들을 말릴 수가 없었다.

아들이 서울로 이사를 하고 바로 일을 시작했다는 소식을 들었다. 카톡에 올려진 아들 사진을 보았다. 완전무장을 하고 곤돌라를 타고 있는 모습이다. 몹시 위험해 보였다. 아들이 어떤 일을 하는지 남편한테는 말하지 않았다.

금방 포기할 줄 알았던 아들은 어느덧 일 년이 되어간다. 중간중간 아들이 그만두길 바랐지만, 아들은 의외로 청소 일을 재미있어했다. 어떠냐고 묻는 엄마 말에, 아들은 한결같이 너무 좋다는 말만 앵무새처럼 반복하였다.

아들이 남동생네 회사에서 일하게 되면서 동생과 자주 하던 통화를 멈추었다. 아들의 사장님이기에 조심스러웠다. 남동생도 나도 아들 얘기는 금기어가 되었다.

마을 사람들이나 친구를 만나면 대학원을 졸업한 아들이 무엇을 하는지 궁금해한다. 그러면 대답하기가 망설여지기도 하지만 "롯데월드 유리창 닦아요" 한다. 무엇을 하든 놀지 않고 최선을 다

하려는 아들에게 부모가 응원해야지 누가 하겠는가.

평일에는 청소일을, 주말에는 전도사로 열심히 살고 있는 아들. 어떤 일이든 물불 가리지 않고 열심히 일했던 젊었을 때의 나를 많이 닮았다. 뿌리부터 온몸에 쓴 내를 밀어 올리는 씀바귀. 꽃대 끝에 피워내는 꽃은 쓰지 않고 달다는 사실을 아는가. 인생의 달콤한 꽃을 씀바귀처럼 피워내기 위해 지금은 역경을 견뎌내고 있는 아들. 미래는 분명 소담한 꽃을 피워내리라 믿는다.

🍂 아리송한 고추 가격

코로나 때문에 온 지구가 대목 맞은 시장통처럼 시끄럽다. 그리고 그 여파가 잠잠해지기도 전에, 이번에는 여름 장마 때문에 공주, 가교리 할 것 없이 빈번하게 물 폭탄 세례를 받고 있다. 위기도 극복할 틈을 주고 오면 좋으련만, 뭐 좋은 거라고 주는 김에 아낌없이 몰아주고 있다.

하늘은 쉬지 않고 천둥 번개를 동반한 비를 열흘 동안이나 양동이 채 쏟아붓고 있다. 인간도 물먹은 솜뭉치가 되어 한없이 사지가 늘어지고 겨우 붙잡고 있던 입맛조차도 대문 밖으로 뛰쳐나가 버렸다.

오랜 세월 시골 마을의 가로수 역할을 했던 나무들도 비바람에 부러지고 찢겨 마치 노숙인처럼 바닥에 나뒹구는 신세가 되었다. 들풀도 흙바닥에 패대기쳐져 겨우 가쁜 숨을 고르고 있다.

밭의 참깨는 바람에 뿌리가 흔들려 이미 정신을 놓고 혼미한 상태, 고추밭의 참외는 익기도 전에 잡고 있던 혈맥을 비에 먹혀 생을 마감했다. 고추는 어떤가. 태양을 본 지 까마득하다. 급기야 제 몸을 붉히지 못하고 파랗게 질린 얼굴로 물러터져 떨어진다.

코로나에 자연재해까지 덮쳐 늘어가는 건 농부들의 한숨 소리다.

이런 척박한 상황에 처해 있을 때 마곡사에서 식당을 하는 다미 엄마가 기쁜 소식을 전해왔다. 식당에서 쓰는 고춧가루를 가격만 절충된다면 마을 사람 걸 팔아주고 싶다고 한다. 나 또한 그다지 가격의 편차가 없다면 우리로서도 고마운 일이라 답했다. 우선은 다미네가 얼마의 가격으로 고춧가루를 사는지 카톡으로 보내달라고 했다.

그러자 다미 엄마는 인터넷 가격으로 국산 청양 태양초 김장 고춧가루 1킬로에 가격이 19,200원이라고 했다. 예상외로 무척 저렴한 가격으로 구매하고 있었다. 그 가격은 우리가 농사지어 중간 상인한테 넘기는 가격에도 채 미치지 못한다.

현재 생산자가 물고추로 중간 상인한테 내면 한 관에 만사천 원을 받고 있다. 씨와 꼭지가 있는 상태에서 건 고추는 600g이 한 근이다. 물고추 가격이 마른고추 가격이 된다. 아직 올 고추는 시장에 내는 농가가 없기에 건 고추 가격이 나오지 않은 상태다. 그런데 생산자가 파는 가격보다 더 저렴할 수 있다니 인터넷에서 사들여서 되팔아도 남는 이문이다. 인터넷은 어떤 이유로 그렇게 싸게 내놓을 수 있는지 무척 궁금했다.

고추는 병충해를 입지 않는다면 세 물까지가 가장 양이 많고 네 물부터는 확연히 양이 준다. 일조량이 적어지면서 붉어지는 속도도 느려지고 양도 턱없다. 잘 관리해 따면 다섯 물 따고 그다음부터는 고춧대를 뽑아 억지로 붉힌다. 이건 시중에 내다 팔진 않고 희나리로 구분한다. 희나리는 마을마다 찾아다니며 사는 장사꾼이 따로 있다. 희나리의 가격은 한 근에 몇천 원밖에 안 한다. 거기에 이보다 못한 모양인 고추를 사러 다니는 장사도 있다. 겉보기에는 먹을 수 없는 탄저병 덩어리인 고추도 사 간다.

이런 것들도 가공되어 어느 곳에서는 고춧가루 양념으로 쓰인다고 한다. 물론 생산지에서 팔지 않으면 되지만 찾는 사람이 있으니 더러는 양심을 헐값에 팔아버린다. 그런 것들이 결국 부메랑으로 돌아와 우리 건강을 해치게 되는데, 사람들은 어리석게도 후에 일은 생각하지 않는다.

고추는 겉껍질을 먹는 것이어서 가장 위생에 신경 써야 한다. 그렇게 하지 않으면 가장 더러운 최악의 양념이 되는 것이다. 좋은 재료, 좋은 물을 먹어야 건강도 지킬 수 있음을. 사람들은 나만 안 먹으면 된다는 이기적인 생각을 버려야 할 것이다.

다미네 식당과 거래를 트려던 마음을 미련 없이 접었다. 그렇다고 고추 농사를 지어 지금까지 재고가 남아본 적은 없다. 가까운 곳에 팔면 택배비도 아끼고 서로 좋을 거라던 생각이 아쉽게도 빗나갔다.

나는 나대로 우리 고추에 대한 자부심이 있다. 우리 고추를 소개하자면 이렇다. 남편은 고추를 정성껏 가꾸고 수확해오고, 식초나 베이킹소다를 풀어 씻어 그늘에 이틀을 숙성시킨다. 어느 정도

숙성 과정을 걸친 다음 전기건조기에 넣고 살균 건조한다. 그리고 건조기에서 나오면 옥상에 펼쳐 태양에 2~3일을 더 말려야 끝이 난다. 잘 건조된 고추는 물수건으로 한 번 더 닦아 꼭지를 따고 방앗간에 가져다 빻아 다섯 근씩 진공포장 한다. 다른 건 몰라도 고추는 우리 가족도 함께 먹는 거여서 위생과 품질을 철저히 지키고 있다고 자부할 수 있다.

다미네를 통해 인터넷과 현지의 고추 가격이 이렇게 크게 차이 난다는 걸 처음 알았다. 남편은 올해는 고추수확량도 적고 코로나 여파로 수입도 쉽지 않아 고추 가격이 지금보다 몇 배가 뛸지 모른다고 했다. 그렇지만 농부의 마음은 너무 싸지도 비싸지도 않았으면 한다. 너무 싸면 근심거리가 되고 너무 비싸면 소비자에게 미안한 마음이 들기 때문이다. 골고루 마음 편한 가격, 하늘에서 도와주지 않으면 불가능하다. 그러고 보면 지상 아래 터를 둔 것은 자연의 영향을 가장 많이 받고 산다. 그래서 하느님이 보우하사라는 말이 생겨났나 보다.

🍂 아버지

올해는 윤달이 끼었다. 농촌 사람들은 산 곳곳에 자리한 조상님들의 묘를 재정비하느라 바쁘다. 4월이 되자 여기저기서 남편한테까지 산소 일을 부탁해온다. 윤달에는 산소를 건드려도 조상님께 노여움을 타지 않는다는 속설이 있다.

그래서였을까. 2주 전, 새언니로부터 천만뜻밖의 반가운 소식을 들었다. 그동안 형제 모임으로 모여진 가족회비로 부모님 묘이장을 하기로 했다는 거였다. 새언니와 통화를 마치고 나는 참으로 잘된 일이라 생각했다. 결혼하고 남편과 함께 아버지 산소에 성묘 갈 때면 아기 무덤처럼 납작해진 봉분을 마주하였고, 그때마다 얼굴이 화끈거려 쥐구멍이라도 있으면 숨고 싶은 심정이었다. 아버지 산소는 봉분이 없어 언뜻 보기에는 작은 언덕이나 공터 같기도 하였기 때문이다.

나는 다섯 살, 내 동생은 태어난 지 두 달, 그때 아버지가 돌아가셨다. 남의 논에 농약을 치다가 농약 중독으로…. 가난 때문에 제대로 초상을 치를 수 없었던 우리 집. 아버지 시신은 어둠을 기다려 옮겨졌다. 마을 사람들은 어둠이 어슴푸레하게 마을을 덮을 때 비로소 아버지 시신을 수레에 얹었고 마을을 빠져나갔다. 마을 산에 모시고 가서 급하게 마무리하다 보니 봉분도 대충대충 해놨다.

어떤 사람이 거기에다 소를 매어 풀을 뜯겼다. 그래서 아버지 산소는 있는지 없는지 모를 정도가 되었다. 소의 발에 밟혀 더욱 평평해져 버린 아버지 산소. 사람들은 뒷산을 아버지 산소를 밟고 서 산으로 오가느라 그리로 지름길을 내었다고 한다. 어머님은 그 일을 뇌이고 뇌이며 격분하셨는데, 돌아가시는 날까지도 아버지 산소 걱정을 놓지 못하였다.

내일은 그토록 소망하던 친정 어머님의 한을 푸는 날. 우리 3남 1녀 남매들의 가슴에 박힌 불효의 대못을 빼는 날이다. 나는 일찍 잠자리에 들었다. 남편과 함께 부모님 산소 이장하는 곳으로 가기 위해서.

잠결이었는데, 부스럭부스럭 부산하게 움직이는 소리가 들려서, 자다 말고 부스스 눈을 떴다. 나는 아랫목에 누워있고 돌아가신 어머니는 윗목에서 하얀 보자기를 펼쳐 옷가지를 싸느라 정신이 없었다. 방 한쪽을 보니 이미 싸놓은 보따리가 여러 개 보였다. 나는 궁금해서 어머니께 물었다.

"어디 가세요?"

"새집으로 이사한단다."

어머니가 분주하게 움직이던 손놀림을 잠깐 멈추고 행복한 표정을 지으셨다. 화들짝 놀라 꿈에서 깨어났더니, 어느덧 시계는 아침 6시를 가리키고 있었다.

남편의 아침 식사를 챙기고 부지런히 고향 임실로 떠날 채비를 서둘렀다. 오빠들은 서울에서 새벽 4시에 출발한다는 소식을 어제 전달받았다. 공주에서 임실까지는 자차로 고속도로를 타면 한 시간이면 가고도 남지만 느긋하게 굴었다간 오빠들한테 혼날 것이 뻔하다.

고향으로 길을 내는 마음은 초행길인데도 두근두근 설렘을 동반했다. 마음이 사뿐 구름 위에 얹어졌다.

두 오빠가 서둘러서인지, 임실에 도착하고 보니 아버지 산소는 이미 작업복 입은 아저씨들이 괭이와 삽으로 흙을 조심스레 파내고 있었다. 큰오빠는 나를 보자 어머니 산소를 가리키며 그곳에 먼저 가서 기다리라고 한다.

나는 산길을 내려가 도로변 먼발치서 아버지의 유골 작업을 바라보았다. 부산하던 괭이와 삽의 움직임이 잠시 멈추는가 싶더니 큰오빠가 조심스레 상자를 품에 안고 내려온다. 큰오빠가 도로로 내려와 다시 엄마 산소를 향해 산으로 올라갈 때 나도 그 일행의 뒤를 따라갔다.

임실 새터 뒷산의 산허리에 자리한 친정 어머님의 산소 터는 아버지가 돌아가시고 어머니께서 국유지를 손수 일궈 밭으로 만들어 놓은 곳이다. 어머니는 남의 땅에 계신 아버지가 못내 맘에 걸렸고, 정부에서 땅을 매각할 때 땅을 매입해 두셨다. 그때가 내가 중학생이었을 때였다. 그리고 중학교를 졸업하고 우리 가족이 모두 이사하기 전까지, 친정어머니는 이 밭에 고추를 심으셨다. 그러고 보면 결국 어머님은 아버지 모실 곳을 미리 준비해놓고 가신 것이다.

우리 일행이 어머니 산소에 도착하자, 중장비는 천둥 치는 소리를 내며 어머니의 산소 봉분 해체 작업을 시작하였다. 봉분을 걷어낸 아저씨들은 어머니의 **뼈**를 하나씩 화선지에 싸서 상자에 넣었다.

지관이 나서서 부모님이 다시 안치될 자리를 중장비기사에게 지시하고, 이윽고 아버지와 어머니가 들어갈 곳이 정해지자, 중장비는 바가지를 이용해 흙을 파내기 시작했다. 이를 지켜보던 큰오**빠**는 음식이 차려진 돗자리에 앉더니 술 한 잔을 입속에 털어 넣었다. 그러고 나서는 주머니에서 무언가를 꺼내놓는다. 궁금하여 그것이 무엇이냐고 물었다.

"아버지 유골을 팔 때 나온 나일론 양말이다."

그러고 그것을 아버지 유골 상자 옆에 내려놓고서, 다시 말하는 큰오**빠**.

"아버지 돌아가시고 30년 세월이 흘렀는데도 나일론이라 흙에 융화되지 못했어. 그래서 고스란히 남았어."

가난이 원수였다. 이승의 마지막 길에서조차 수의 한 벌 입지 못하신 아버지. 아버지께 수의 한 벌 장만해 드리지 못한 것은 크나큰 불효였다고, 그러며 큰오빠는 몹시 마음 아파했다. 그때의 우리는 너무 어렸었다고, 그렇게 오빠를 위로해보지만 나 또한 마음이 먹먹해지면서 눈물이 핑 돌았다.

부모님 산소 이장은 합장이 아니었다. 그래서 아무리 서둘렀어도 시간이 부족하였다. 어느덧 해가 서산으로 종종걸음치고 있었다. 큰오빠는 제사 준비를 서두르라고 하였다. 두 분의 새언니와 막내 올케를 도와 상을 차리고 부모님께 제사를 올렸다. 숙제를 마친 우리는 한결 마음이 가벼워졌다.

소지를 올리고 난 큰오빠가 엄숙한 표정을 지었다. 그리고 무슨 의식을 치르는 것처럼 나일론 양말도 태웠다. 우리는 나일론 양말이 다 탈 때까지 약속이라도 한 듯 그 자리에 멈춰 시선을 거두지 못하였다. 너울너울, 검은 연기가 허공을 박차고 올라갔다. 자식이 장성할 때까지 오랜 세월을 홀로 견뎌내야 했던 아버지의 영혼. 이제는 어머님 옆으로 모셨으니 영원히 편안해지시길 기도한다.

🍂 어떤 고부 사이

자동차의 속도를 줄여서, 다른 때보다 더 조심스레 가랏교 위를 지나간다. 난간에 기대 칠성산을 바라보는 두 사람. 불편한 몸을 휠체어에 맡기고 있다. 눈인사하였다. 화답하는 두 사람의 미소 속에 들꽃 향기가 났다.

방금 인사를 건넨 두 사람은 가운데 뜸에 사는 아랫집 성진 엄마와 그녀의 시어머님이시다. 아들이 살아생전 많은 시설재배와 밭농사, 논농사하였다. 성진 할머니는 아들을 쫓아다니며 일 만하다. 노동과 세월의 무게를 견디지 못하였고, 골반 한쪽이 닳아 다리 하나를 절뚝거리며 다니다가 이젠 아예 보행을 못 하시고 방에서만 세월을 보낸 지 까마득하다.

농사를 천직으로 알던 아들은 오랜 알코올 중독으로 갑작스레 뇌출혈이 왔고, 그리고 삶의 마침표를 찍고 바람이 되어 떠나갔다. 그러자 한 집안의 기둥이던 사람이 떠나버린 그 집에 마을 사람들의 왕래가 점점 줄어들더니 지금은 마을 속에 외딴집이 되어버렸다.

농촌 생활도 점점 도시화 돼가면서 이웃에 관한 관심이 예전 같지 않다. 우리가 지켜나가야 할 미풍양속, 서로 돕고 서로 보살 피며 같이 아파하던 공동체로서의 아름다운 관계가 무너져 버린 지 오래다. 심지어는 좀 떨어진 곳에서 사는 사람들 가운데는 성진 할머님 소식을 들을 때면

"그분 지금도 살아계셔?"

하고 되묻는 사람들조차 있었다.

성진 할머니가 마을 길에서 보이지 않게 되자 나 또한 윗집에 살면서도 찾아가는 일이 뜸해졌다. 그러다 집안 행사가 있어 손님 접대로 맛있는 음식을 할 때면 문득 성진 할머니 생각에 음식을 들고 찾아뵙는 정도만 하였다. 그럴 땐 할머니는 한마을에 살면서도 몇 달에 한 번씩 얼굴을 대하는 사람의 방문을 무척 반가워하셨다.

그렇게 마을 사람의 기억 속에서 희미해져 가던 어느 날, 마을 어귀에서 성진 할머니와 성진 엄마를 마주치게 되었다. 가끔 찾아 가 뵙는 성진 할머니는 햇볕을 쬐지 못하여 백지장처럼 하얀 얼굴 을 하고 있었는데, 요즘은 가을 햇살과 바람의 심술로 적당히 그 을려 얼굴에 화색까지 돌았다. 아마도 면에서 휠체어를 제공해주 었고, 그래서 할머니는 당신 며느리에게 바깥 산책을 하고 싶다고 하였나 보다. 그 뒤로 마을 길 여기저기서 시도 때도 없이 두 사람 은 한 사람처럼 다녔다.

다정하게 마을 길을 산책하는 그분들을 볼 때면 고부 관계로 여겨지질 않았다. 노년에 서로 의지하며 사는 친자매처럼 보였다.

두 사람 다 남편 없이 큰집에서 한방을 쓰며 살고 있다. 세끼 밥을 다 챙겨 먹고도 한밤중에 자다가도 일어나 국수를 삶아 먹고 부침개를 해 먹기도 한다고 한다. 일에 지친 날이면 먹는 것조차도 귀찮아지는 나로선 감히 상상도 안 되는 풍경이었다.

이 두 사람이 처음부터 사이가 좋았던 건 아니다. 성진 엄마는 서울 아가씨였다. 가교리에 사는 외숙모님의 주선으로 선을 보게 되었고, 서울 아가씨는 선본 날 저녁에 외숙모님이 신발을 감추는 바람에 시골 남자와 인연이 맺어졌다고 했다. 그때부터 혹독한 시집살이와 시골 생활이 시작되었다. 성진 엄마는 도시 아가씨로서 농촌 생활에 적응하지 못하고 친정을 들락거리기 시작하더니 나중에는 우울증을 앓았다. 내가 가교리로 시집이 올 당시 성진이가 네 살이었고 성진 엄마는 서울에 있는 큰 병원에서 우울증 치료 중이었다.

그 후 정상적인 가정생활을 꾸릴 수 없었던 까닭인지 마음을 잡지 못한 성진 아빠는 매일 술을 마셨다. 성진이도 외톨이었다. 엄마가 있긴 했어도 항상 부재중이나 마찬가지였으니까. 정말이지 온전한 가정은 아니었다. 그 집에서는 늘 큰 소리가 멈추지 않았다. 불같은 성격을 가진 성진 할머니는, 한동안 아들 내외를 이혼시키겠다며 마을 사람들을 붙들고 하소연하기도 했다.

그들 부부는 함께 사는 날보다 떨어져 사는 날이 더 많았다. 그렇지만 성진 할머니 말씀처럼 이혼한다는 것은 그들 부부에겐 어려운 과제였나보다. 성진 아빠가 이승의 인연을 끝내고 바람이 될 때까지 이혼은 하지 않았다. 그리고 이제는 성진 엄마의 친정 부모님도 돌아가시고 본인도 적은 나이가 아니어서 친정도 남이 되어버렸는지, 툭하면 친정으로 뺑소니치던 버릇도 없어졌다.

가정불화로 인해 머리맡에 소주를 두고 물처럼 마셨던 성진 아빠의 몸. 온전할 리 없었을 것이다. 병원에서 경고했단다. 계속 술을 마시면 더는 이 세상에서 버틸 수 없다고. 하지만 병원에서는 그 경고도 하다 하다 지쳤고, 성진 아빠는 병원 측의 마지막 경고를 무시한 지 한 달이 채 되기 전에 세상을 떠났다. 일하고 들어와 잠깐 낮잠을 자다가 그렇게 영원히 우리 곁을 떠났다. 그의 나이 50 초반이었다.

처음 그 소식을 들었을 때 마을에서 믿는 사람은 아무도 없었다. 불행한 가정생활만 빼면 마음이 좋고 열심히 살고 나무랄 데가 없는 사람이었다. 장례식장에서 울지 않는 마을 사람은 하나도 없었다. 젊은 사람들 눈가에는 안타까움과 가여움에 모두 두 눈이 붉어져 있었다. 나 또한 한숨이 입가에 걸렸다. 장례식을 치르는 내내 그 집 아픔이 내 슬픈 기억처럼 다가오는 바람에 눈물이 마르지 않았다.

그러나 산으로 간 성진 아빠는 단번에 과거 사람이 되었고 점점 잊혀 갔다. 세월은 옅은 추억만 남긴 해 모든 기억을 지워내는 탁월한 효능이 있는 거 같다.

마을 사람들은 우울증을 앓고 있던 성진 엄마가 걱정되었다. 하지만 그녀는 뜻밖에도 씩씩하게 살았다. 시어머님과 오순도순 잘 살아내었고, 그사이 아들 성진이도 장가를 가서 귀여운 손녀도 얻었다. 성진이는 지금 어릴 적 불행을 잊고 엄마와 할머님을 잘 섬기고 있다. 성진 아빠의 빈자리만 있을 뿐 고부간의 사이는 예전보다 더 두터워졌다.

그때 불같은 성미의 성진 할머니가 아들 부부를 이혼시켰더라면 어땠을까. 지금의 두 사람 모습은 마을에서 볼 수 없었겠다. 그만큼, 성진 엄마의 존재는 성진 할머니한테 본인의 온몸이다.

마을 사람들이 거동도 못 하는 시어머님이 빨리 돌아가셔야 하는 거 아니냐고 할 때면 성진 엄마는 깜짝 놀란다. 시어머님 없이는 단 하루도 못산다는 것이다. 요즘은 돌볼 사람이 없다는 이유로 툭하면 노인병원으로 모시는 세태인데, 성진 엄마는 그러질 않는다. 한편으론 일하면서도 한편으론 시어머니를 정성스럽게 모신다. 성진 엄마에겐 고부간의 갈등이 오히려 무색하다.

사곡엘 다녀오다가 마을회관에서 성진 할머니와 성진 엄마를 만났다. 차창을 내리고 웃으며 인사를 건넸다. 성진 할머니가 햇살 웃음을 지으며 손을 흔드셨다. 마을 사람들과 이야기꽃을 피우고 계셨던 모양이었다. 할머니가 탄 휠체어를 지나치며 백미러를 본다. 두 사람 모습이 한 사람으로 겹치고, 내 입가에 미소가 번진다. 따뜻한 바람을 안은 가을볕이 마을 어귀를 돌고 있었다.

🍂 옥구공원에 있는 모자상

　온라인문학 카페에서 어느 분의 글이 인상적으로 다가왔다. 병원에 검사받으러 가셨다가 그곳에서 아프리카 모자상을 보았다면서, 예전에 옥구공원에서 찍은 우리나라 모자상과 비교해 보라는 글과 함께 두 개의 사진을 올린 거였다. 두 개의 모자상을 대조해 보니 피부 색깔만 다를 뿐 엄마와 아가의 모습에서 느끼는 감정은 별반 다르지 않았다.

　엄마 품에 안겨있는 아가와 엄마가 서로 마주 보고 있는 눈빛은, 차가운 동상임에도 왠지 모를 따스함이 흐르고 있다는 착각을 일으켰다. 엄마와 태아와의 자궁 안에서 엮인 인연은 죽어도 끊어내지 못하는, 설명할 수 없는 어떤 강한 힘이 있는 것이 분명하였다.

　아직은 세상일보다 엄마 품이 좋을 나이 18살이 되기 전 겨울, 갑작스러운 병고로 인해 엄마는 이승 밖이 되셨다. 엄마의 숨결이 지워진 집은 허전했고, 연탄불을 지펴도 추웠다. 엄마의 죽음과 사춘기가 부딪히면서 살고 싶다는 의욕을 잃었고 자꾸만 절망의 늪 속으로 빨려 들어갔다. 내 머릿속에는 '죽음' 두 단어만 존재하였다. 그날도 학교를 파하고 돌아와 우두커니 천장을 바라보며 누워있었다. 어떻게 하면 엄마 따라 죽을 수 있을까 하는 문제를 두고 고민하면서.

나는 알 수 없는 곳을 향해 걸어가고 있었다. 한참 들판 길을 걷다가 당도한 곳은 남자 두 사람이 창을 들고 성문을 지키고 있는 곳이었다. 성문 앞에서 서성거리자 하얀 옷을 입은 여자가 안에서 나왔다. 그리고 내 손을 잡고 성문 안으로 들어갔다. 여자는 분홍원피스를 건네더니 갈아입으라고 하였다. 현재 입고 있는 옷으로는 엄마 있는 곳으로 갈 수 없다고 하였다. 나는 분홍원피스로 갈아있었다.

그리고 여자를 따라 더 깊숙이 안으로 들어갔더니 넓은 광장이 나왔다. 분수가 있는 그곳에는 많은 사람이 분주하게 오고 갔다. 여자의 손을 잡고 분수를 지나려다가 비명을 지를 뻔하였다. 어떤 젊은 여자분이 분수 곁을 지나다가 풀썩 주저앉더니 뱀으로 변한 것이었다. 살아가면서 죄를 많이 지은 사람이라고 여자는 말해주었다.

내 앞에는 끝을 알 수 없는 갈대밭이 펼쳐졌다. 그리고 점점 주위는 어두워졌다. 여자가 등불을 들고 길을 안내해 주겠다고 하였다. 여자를 따라 갈대숲으로 나 있는 길을 걸어가고 있었다. 바람이 거세지기 시작하였다. 내 키보다 큰 갈대가 자꾸만 나를 끌어당겼다.

얼마를 갔을까. 조그마한 초가집 하나가 나왔다. 울타리를 지나 마당으로 서자 여자는 등불을 토방에 내려놓았다. 그러더니 물었다.

"꼭 엄마를 만나고 싶으세요?"

여자는 재차 확인하려는 듯하였다. 두려움에 얼굴색이 파래졌다. 그러나 문 앞까지 왔는데, 내가 그토록 보고 싶어 하던 엄마를 못 보고 되돌아간다는 건 말이 되지 않았다.

나는 그러겠노라고 고객을 끄덕였다. 여자가 방문을 열었고 나는 방 안으로 들어갔다. 엄마는 하얀 옷을 입은 사람들한테 둘러싸여 있었다. 무서움과 반가움이 교차하는 순간, 마구 울먹이며 '엄마' 하고 불렀다. 엄마 표정이 싸늘했다. 여기가 어디라고 왔냐며 어찌나 화를 내시는지 무척 서운하였다. 엄마는 모든 걸 잊고 살라고 하였다. 엄마의 냉랭함에 온몸이 오싹해졌다.

여자를 따라 마당으로 나왔다. 여자는 손에 열쇠 하나를 쥐여주었다. 혹시나 시간이 지체되어 문지기가 퇴근하였으면 사용하라는 거였다.

여자는 어디론가 사라지고 주변은 깜깜해졌다. 나는 아까 지나왔던 갈대가 무성한 길을 헤쳤다. 헤치고 헤치며 마구마구 뛰었다. 앞만 보고 뛰었다. 저 멀리 성문이 닫히고 있었다. 죽을힘을 다해 뛰었다. 하마터면 성문에 낄뻔하였다.

화들짝 놀라 잠에서 깨었다. 내 온몸은 땀으로 젖어있었다. 그

뒤로 나는 엄마 말씀대로 잊고 살기로 마음을 바꿔 먹었다. 순간 순간 나는, 엄마 생각으로 삶이 축축해 지려 할 때마다 싸늘했던 엄마 표정을 떠올렸다.

이제는 엄마 생존했을 때의 나이를 앞지르기하였고, 지금은 두 아이의 엄마이자 손자의 할머니가 되었다. 엄마 없는 하늘 아래 의지할 곳 없었던 나는, 치열한 삶을 견뎌냈고 살아내었다.

옥구공원에 있다는 모자상의 사진을 마우스로 클릭했다. 그리고 다시 한 번 들여다보았다. 그 조각상에 엄마와 내 모습이 겹친다. 세상에서 엄마 품처럼 편안하고 따뜻한 곳이 또 있으랴.

🌰 임산물 생산업 열람일지를 쓰면서

　직장인한테 일요일은 마음도 몸도 쉬어가는 날이다. 또한 나 같은 주부에게는 방학 숙제처럼 미뤄두었던 일주일 치 집안일을 하는 날이기도 하다. 일요일 아침, 핸드폰이 평화를 찢으며 울렸다. 바탕화면에 찍힌 남편 이름. 그 순간 솥뚜껑 보고 놀란 가슴이 되고 말았다. 보나 마나 농사일을 도우라는 전화일 것이었다. 그런데 일은 아니었다. 밤 산에 와서 임산물 생산업 산림경영일지에 올릴 사진을 찍으라는 거였다.

　농촌에 살면서 밭농사와 논농사를 하게 되면 나라에서는 일 년에 한 번 농업 직불금을 주고 있다. 그리고 작년부터 임업·산림 공익직접지불 사업으로 밤 농사를 짓는 농가에도 처음으로 직불금 지급이 시행되었다. 그러면서 임업을 하는 농부에게 임산물 생산업 열람일지를 쓰게 하였다. 어떤 일을 하고 얼마나 수확하는지, 직불금에 대한 합당한 자료를 요구하였다.

　임업일지를 쓰는 방법은 두 가지가 있다. 하나는 농업경영자인 본인 스마트폰을 이용해 앱을 통해 쓰는 것이다. 두 번째는 농촌의 고령화로 인해 스마트폰 사용을 잘하지 못하는 농가에서는 일지를 나눠줘 기재하는 거였다. 나는 스마트폰 사용을 잘하지만, 남편 휴대전화기는 효도폰이다. 그래서 우리 집은 일지를 쓸 수밖에 없었다.

2022년 7월부터 쓰게 된 산림경영일지가 횟수로는 한 살을 먹었다. 일지를 쓰기 전에는 밤 산은 수확 철에만 갔었는데, 일지에 올릴 증빙 사진을 찍게 되면서는 남편이 밤 산에 일하러 갈 때마다 종종 따라나서게 되었다. 그러면서 밤 산에서 남편이 어떤 일을 하는지를 눈으로 직접 보게 되었다. 일 년 중 하우스를 하지 않는 한 노지에서 하는 농사일은 6개월가량이다. 그런데 빈둥거리며 논다고만 생각했던 밤 산 일이 의외로 손이 많이 간다는 걸 알게 되었다.

겨울을 지나 봄의 길목에 들어서자, 남편은 언 땅이 녹기 무섭게 장화를 찾았다. 화물차에 전기톱과 가지치기용 톱을 싣고 밤 산을 향하였다. 밤 산에 올라 겨우내 자란 가지를 자르는데, 더러 죽은 나무는 전기톱을 이용해 잘라내었다. 나무마다 남편의 손이 닿았고, 여기저기 바닥에는 잘린 나무가 나뒹굴었다. 이윽고 나무들이 이발한 듯 깔끔하게 정돈되었다.

다음날에는 화물칸에 비료를 잔뜩 싣고 산에 올랐다. 어깨에 비료를 메고 나무마다 다니며 나눠놓는데, 남편은 장화 발로 경사진 길을 계단 오르듯 연신 오르락내리락했다. 비료 주고 온 날이면 남편은 밤새 허벅지와 무릎 관절이 아프다고 통증을 호소했다. 그동안 하찮게 여겼던 밤 농사가 결코 쉬운 일이 아님을 일지를 쓰면서 알게 되었다. 밤 한 톨을 수확하기까지 얼마나 많은 수고가 필요한 가를, 덤불에 떨어진 밤 한 톨까지도 샅샅이 주워내고야 마는 남편의 행동이 이제는 이해되었다. 봄부터 여름내 흘린 땀의 결실. 밤 한 톨도 자식처럼 여겨져 그냥 지나칠 수 없었던 거였다. 그것도 모르고 큰 손을 자랑하며 인심 쓰기에 바빴다. 뼛속까지 거름물이 든 남편에 비해 어쭙잖게 흙물이 든 나는 확실한 설익은 농부였다.

오늘도 남편의 전화를 받고 밤 산에 올랐고, 남편의 일하는 모습을 여러 장에 나눠 사진에 담았다. 그리고 내 카톡에 전송했다. 집으로 돌아와 노트북을 켜고 카톡에 담긴 사진을 파일로 저장했다. 일지에 올린 사진을 찾아 사진을 줄이고 인쇄했다. 가위로 잘라 일지에 붙여놓으니 밤 산의 역사가 한눈에 들어왔다. 왠지 흐뭇한 마음이 들었다.

그런데 한편으로는 의문이 들었다. 나야 컴퓨터 사용을 잘해서 사진을 인쇄해 밤 산에서 일한 증빙 사진을 붙인다지만, 연세 드신 분들은 어떻게 일지를 쓰라는 것인지 모르겠다. 사진을 찍은 대로 공주로 나가 현상하라고? 어쩐지 그건 문제점이 많아 보인다. 우리의 페이지 속에는 어제는 맞고 오늘은 틀리는 진실들이 가득하다.

2023년 2월 12일 일요일

🍂 접었던 꿈을 다시 펴며

배우지 못한 한은 서릿발을 머리에 이고서도 아물지 않았다. 이제는 익숙해질 때도 되었으련만, 사람들이 모여 때때로 가방끈 이야기만 하면 죄지은 것도 없으면서 낯빛이 붉어졌다. 학업을 중단해야 했던 그때의 상황이 결코 내 잘못이 아님에도 왜 자꾸만 주눅이 드는 걸까.

배움에 굶주려본 사람은 가슴속에 하이에나 한 마리씩 애완하고 있다. 어디든 학력을 따지지 않고 배우는 곳은 없는가? 있다면 마치 오아시스를 찾은 듯 앞뒤 재지 않고 열정을 불사르고야 만다. 그러나 고등학교 중퇴라는 꼬리표는 결코 내게서 떨어져 나가지 않았다.

나와 친하게 지내는 k씨와 통화를 하다 학교 이야기가 나왔다. K 씨는 육십이 넘은 나이에도 불구하고 배움에 관한 한을 풀고자 방통고를 입학했다고 이야기했다. K 씨의 솔직한 이야기를 듣고서, 그동안 바람에도 들키고 싶지 않았던 가슴속 응어리를 꺼내놓았다. 그리고 다음 해 방통고에 가기로 약속하였다.

그러나 한 치 앞도 알 수 없는 것이 사람 일이라 했던가. 무쇠

와 같았던 내게 빨간불이 켜졌다. 암 환자가 되어 투병 생활을 해야 했다. 그렇게 완벽한 핑곗거리로 세월을 보내고 있었다. 그런데 그분은 포기가 안 되셨는지 자꾸만 나를 부추겼다. 일 년만, 하고 핑계를 댔지만, 세월은 나를 금방 일 년 후로 옮겨놓았고, 결국 두 해를 보내고 나서 학업을 하기로 마음먹었다.

방통고 입학식을 앞두고 밤잠을 설쳤다. 아직 완치되지 않은 몸도 걱정이었지만, 내가 과연 어려운 수학과 영어를 따라갈 수 있을지 그것이 가장 두려웠다. K 씨는 걱정하지 말라며 나를 안심시켰다. 그러고는 마치 동생을 입학시키는 언니처럼 책가방과 학용품을 사주는 거였다.

입학식 날이 되었다. 학교 강당에 모여 입학식을 기다리면서 내가 이 자리에 오길 잘했다고 생각했다. 더러는 나보다 젊은 사람도 몇몇 보였지만 대부분 상고대에 함박눈을 수북이 이고 있었다. 그들도 나처럼 가슴 한가득 배움에 한을 품고 온 것이었다.

나는 2학년으로 편입했다. K 씨는 혹여나 내가 편입생이어서 학우들과 섞이지 못할까 염려되었는지, 반 학우들에게 부탁까지 해두었다. 학교생활은 K 씨 말처럼 재미있었다. 학업에 대한 스트레스는 없었다. 학생의 나이에 맞게 맞춤형 수업을 했기 때문이다. 선생님들은 교과목에 대해 신경 쓰지 말라고 하셨다. 행복한 학교생활을 하라고만 당부하셨다.

등교 세 번째 날이 되었다. 예나 지금이나 도시락 까먹는 점심

시간은 즐겁다. 책상을 맞대고 빙 둘러앉아 함께 나눠 먹는 밥은 낭만과 정겨움이 넘쳤다. 그리고 나는 어느새 깻잎 머리 노는 언니가 되어 있었다. 나도 모르게 옛날 버릇이 나와 짝다리를 하고 한쪽 다리를 떨었다.

인생 2회차, 누릴 수 없을 줄 알았던 여고 시절을 상고대에 서릿발을 이고서 다시 학교로 돌아왔다. 그리고 오랫동안 접어두었던 꿈을 다시 펼친다. 고목 나무에 매화꽃을 피워내고 있다.

🌿 한 송이 꽃을 피우기 위하여

시 낭송 단체 카톡방에 공고하나가 올라왔다. 해마다 치러지는 벚꽃축제 때 무대에 올릴 시를 준비하라는 내용이었다. 잔잔하던 마음이 치 까불기 시작하였다. 나의 성급함은 준비도 하기 전에 서둘렀다. 심장은 또다시 가슴을 찢고 금방이라도 밖으로 나올 기세였다.

작년 축제 때는 일정이 급박하여 단톡방에 올려진 시 가운데서 가장 짧은 시를 선택했었다. 더구나 무대 경험도 없어 서툰 데다가 시까지 짧아서 성의 없어 보였다. 이번에는 단단히 준비하여 멋진 무대를 보여 주리라 마음을 다졌다. 그리고 권상진 시인님의 '접는다는 것'을 하기로 정하였다.

일상을 제외하고는 오랫동안 학습에 뇌를 작동시키지 않은 까닭에, 중년 아줌마가 시 한 편 외우는 일이 쉽지 않았다. 나는 나만의 방법으로 시를 외우기 시작하였다.

첫째, 우선 A4 용지에 시를 옮겨적는다. 둘째, 유튜브에서 배경음악을 고른다. 셋째, 배경음악과 함께 내 목소리로 시를 네 번반복하여 깔아놓고 휴대전화 음성 녹음기 앱을 통해 녹음해놓는다. 그리고 밥할 때, 운동할 때, 농사일 일할 때, 시시때때로 마르고 닳도록 틀어놓고 듣는다.

이 방법이 나에게는 가장 잘 먹혔다. 트로트를 듣듯 때때로 듣다 보면 어느덧 나도 모르게 따라 하게 되었다. 일주일 정도 시를 익히고 나서 잠자기 전에 1연씩 읽어 외워본다. 그러다 보면 시 외우기는 하루면 거의 입에 붙는다. 그 후 틈나는 대로 연습이다. 연습 장소는 구애 없이 무조건, 틈틈이 일상의 결에 끼워 넣는다.

시 낭송 모임 날이 되었다. 회의를 마치고 회원 각자가 준비해 온 시를 낭송하게 되었다. 회원 몇몇은 가져온 시를 낭독하였고 몇몇은 기존에 외워두었던 시를 선보였다. 나는 오늘 선보일 시를 미리 2주 동안 연습하였기에 누구보다도 자신감이 있었다.

내 차례가 되었고, 아주 자신 있게 커닝 종이 없이 나갔다. 배경 음악을 틀어놓고 낭송을 시작했는데, 1연을 하고 났더니 2연이 안갯속이다. 언제 지워졌는지 머릿속이 아주 화이트 보드가 되었다. 나는 다시 하겠다고 말씀드리고 미리 준비한 커닝 종이를 가져와 책상에 놓았다. 그리고 다시 낭송을 시작했다. 사람들 앞에서 처음 한 것이어서 그런지 만족스럽지는 못하였다. 고속도로를 타듯 부드럽게 나갔어야 했는데 설익은 탓에 비포장도로를 달리는 듯한 데다가 가끔 블랙홀에서 주춤거렸다. 아직 연습 부족임을 확연히 깨달았다.

나는 2년 전부터 시 낭송 대회에 꽂혔고, 물불 안 가리고 나갔었다. 열정에 불이 댕겨지자마자 아픈 몸 생각은 뒷전, 머릿속에는 오로지 '대회 참가'만 가득 차 있었다. 어떤 대회는 지정 시와 자유시 두 편을 낭송해야 했고, 자유시만 낭송하는 곳도 있었다. 대회를 앞두고 입에서 단내나게 연습하였다. 전국 시 낭송 대회 무대 경험이 없었기에 더 열심히 연습하는 수밖에 없었다. 시라면 진절머리나도록 연습했다. 눈만 뜨면 대회 때처럼 무대 오르는 연습부터 낭송하고 퇴장하기를 무수히 연습했다.

그리고 전국 시 낭송 대회 날. 내 참가번호가 불리자, 떨리는 가슴을 안고 무대에 올랐다. 입장부터 시작해 낭송하고 퇴장까지, 어쩜 그렇게 연습한 대로 했는지, 그때 비로소 알았다. 연습의 중요성을. 아무리 첫 무대여서 당황한다고 해도 평소 집에서 연습하던 대로 하고 내려왔다. 나와 동행했던 일행은 아주 태연하게 하였다고 말하였지만, 하마터면 심장이 튀어나올 뻔했다. 연습은 나도 모르게 습관을 만들었다.

벚꽃축제까지는 아직 한 달여의 시간이 남아있다. 그동안 연습을 충분히 하였으므로, 툭 치면 저절로 시가 수도꼭지를 열어놓은 듯 줄줄 나와야 한다. 연습만이 실력 향상을 기대할 수 있다. 가수가 관객 앞에 노래 한 곡을 부르기 위해 수천수만 번 부른다고 한다. 그때는 그 말이 이해되지 않았는데 지금은 내 얘기가 되었다.

한 송이 꽃을 피우기 위해 얼마나 큰 노력이 필요한지를 알았다. 그날을 위해서 나는 열심히 시 낭송 연습을 하고 있다. 그렇다. 도전은 삶을 푸르게 하고 아름다운 꽃봉오리를 맺게 한다.

🍃 행복은 감동이다

코로나 여파로 사회적 거리 두기가 사람과의 정마저 조종하고 있다. 요즘 들어 사람의 그림자 밟기가 쉽지 않다. 참새떼처럼 분주하게 몰려다녔던 모임도 중단되고, 마실 오라는 전화도 옛이야기가 되어가고 있다. 사람들은 점점 집안에 갇혀 스스로 고립된 생활을 하고 있다. 살아가는 재미 중 가장 첫 번째는 사람을 만나음식을 나누는 일인데 코로나에 그 즐거움마저 도둑맞고 말았다.

무료한 일상을 보내고 있는데 어제는 뜻밖의 반가운 전화를 받았다. 화월리 사는 남편 동갑네 쥐띠 모임인 총무님께서 저녁 초대를 해주신 거다. 마당에 자리한 옛날 조부님 시절 지었던 사랑방이 세월의 무게를 견디지 못했고, 흙이 무너져 내려 흉물이 되었고, 이참에 사랑방을 헐고 그 자리에 저온 창고와 일반창고를 짓기로 했기에 건축일을 하는 내 남편의 조언이 필요하다고 하였다.

그 이야기를 들은 우리는 코로나가 두려워도 길을 나서보기로 했다. 자꾸 핑계를 대며 거절하다 보면 그들의 눈에서 멀어질 게 뻔하고, 뒤늦게 외로움을 안고 몸부림을 쳐봐야 소용없을 것이기 때문이다. 물 들어올 때 배 띄워야 한다고, 노후에 덜 외로워지려면 평소에 미리미리 인맥 관리를 해두어야 한다.

총무님 집은 화월리 마을을 지나 산허리쯤에 자리하고 있는데, 지대가 높은 관계로 화월리 마을이 한눈에 들어온다. 낮은 담장에 기대고 앉아 앙가슴 열고 들여 마신 공기는 마치 고로쇠 수액처럼 느껴졌다. 집 뒤에는 산이 병풍처럼 펼쳐져 있고 앞마당에 서면 화월리 마을이 정원이 되는 집. 말로 표현할 수 없는 낭만을 소나기로 맞는 곳이다.

우리는 대문 앞 평상에 자리를 잡고 앉았다. 서산에서는 하루의 열기로 붉어진 해가 푸른 호수에 몸을 담가 자맥질하고 있었다. 사람들이 그 풍경을 놓칠 리 없었다. 음식을 집던 젓가락을 내려놓고 탄성을 지르며 저마다 핸드폰을 꺼내 사진찍기에 바쁘다. 아름다운 것을 보면 영원히 간직하고 싶어 하는 본능은 누구나 비슷한 모양이다.

그 풍경이 내 눈에는 알맞게 살이 올라 잘 익은 복숭아로 보였다. 선홍빛 해님을 따서 옷깃에 쓱쓱 문지르고 한입 베어 물면 입안 가득 과즙의 상큼함이 머릿속 세포마저 쭈뼛 서게 할 거 같았다. 이런 굴뚝같은 속내를 알아챘는지, 해님이 불현듯 몸을 부르르 떨더니 호수로 텀벙 줄행랑을 쳐버렸다.

해님이 집으로 돌아가고 나자 어느결에 달님이 새색시 걸음으로 나왔는데, 다이어트 중이신지 오랜만에 마주한 얼굴이 반쪽이 되었다. 오순도순 둘러앉아 삼겹살을 구워 먹고 있노라니, 술병들이 하나씩 바람의 손길에 넘어지고 있다. 사람들은 서너 명만 모여도 꼭 남의 살을 구워야만 직성이 풀리나 보다.

삼겹살은 지글지글 소리와 함께 노릇노릇 잘 익어가고, 그 사이에 텃밭 이야기가 끼어들고, 마늘의 알싸함이 더해지면 입이 미어터지도록 입속에 구겨 넣는다. 거기에다 인생의 쓴맛을 잔에 담아 털어 넣으면, 그것들이 식도를 타고 내려가 가슴을 촉촉이 적셔주는 감동이 몰아친다. 쓰나미에 댈 바가 아니다. 평상에 앉은 사람들의 이야기가 더 맛있어질 때 어느 틈에 앞마당 감나무 꼭대기에 걸터앉은 달님. 검지를 뻗어 만지려 하자 냉큼 손등에 입맞춤하고는 수줍은 듯 달아난다.

인간의 대부분은 돈의 액수에 따라 행복을 저울질한다. 하지만 반드시 물질이 행복을 가져다주는 것만은 아닐 테다. 소소하지만 자연에서 느끼는, 지금 누리고 있는 행복이 나에겐 더 큰 울림을 주고 있다.

양파를 심어 놓고 보면 이렇다. 모가 어릴 때의 뿌리는 영양을 잎으로 몰아준다. 그러다 잎이 하늘을 향해 빳빳이 고개를 들고 하늘 무서운 줄 모르고 나대면 그때야 뿌리는 영양을 뿌리로 거두어 버린다. 무성하던 양파 잎들은 처참한 모습으로 바닥에 널브러지는데 흡사 패전한 전쟁터의 뒷모습이다.

그러면서 양파는 땅속에서 보름달 같은 알을 키워간다. 농부가 보기에 단숨에 허리가 꺾여 쓰러져 있는 양파를 보고 있으면 패잔병을 보는 듯 마음이 썩 좋지 않다. 영원할 거 같았던 기세가 눈앞에서 처참하게 무너지는 모습을 보고, 농부는 많은 생각을 한다.

하물며 밭에 심어진 양파를 보고도 마음이 짠해지는데, 사람에 있어서이랴. 계절이 바뀔 때마다 건강하다고 믿었던 분들이 양파 잎사귀처럼 맥없이 쓰러질 때. 뼛속까지 밀려오는 공허함은 움켜쥐려던 욕심을 내려놓게 한다. 영원할 거라 믿었던 돌탑도 세월이 가면 더러 쌓아 올린 키만큼 무너져 버리는데. 인간이라고 세월 앞에 뭔 뾰족한 수가 있을까. 진시황은 불로초로 생명 연장을 꿈꿨지만, 결국엔 강물의 등줄기에 몇 개의 잔물결을 그리다 갔을 뿐이다.

지금 잘나가 내 인생이 밤하늘의 별처럼 반짝인다고, 그렇게 큰소리치며 목에 힘줘봤자 부질없다. 어깨가 뭉쳐 고생하거나 목디스크밖에 더 오겠는가. 모두가 부질없음을 50대 후반의 인생길에서야 깨닫게 되었다.

사람은 대부분 남의 일엔 관심을 두지 않는다. 만족도 온전히 나만 느끼고 시련도 온전히 내가 극복할 몫이다. 나이는 숫자에 불과하다지만 그것도 허투루 먹는 게 아니다. 그 숫자만큼 몸도 노쇠해지고 사유가 깊어지기 마련이다. 모든 일에 경험이 축적되는가 하면, 주위를 둘러보는 여유도 생기기 마련이다. 내 경험상 그렇다는 말인데, 정말 그렇다.

나이가 들면 보잘것없다고 생각했던 것들이 눈에 들어오고, 거기에 의미 부여를 하게 되고, 드디어 감동하여 가슴 뛰게 된다. 바닥을 밀며 사는 생명체마저도 내 발을 걸어 말을 걸어오고, 자연 속에서 자연이 되어가는 농부의 소박한 삶. 현재는 이런 사소한 일들이 가장 내 가슴을 뛰게 한다. 그래서 감히 말한다. 조금은 행복하다고. 소소한 일상이 주는 감동, 그것이 바로 행복이라고.

🐟 현재를 지우는 지우개 아름다운 동행·2

요양사로 근무하면서 치매 환자들의 일상생활을 직접 보고 겪는다. 미래의 내 노년에서 가장 걱정되고 두려운 일이라면 두말할 필요도 없이 치매 환자가 될 수도 있다는 예상이다. 건망증은 시간이 지나고 나면 기억해 내지만 치매는 그 생각마저 하지 못하니 얼마나 무서운 병인가?

내가 돌보는 할머니는 현재 치매 말기다. 혼자서는 일상생활은 물론, 인지가 떨어져 대화도 불가능하다. 단지 경로당과 본인 집은 머릿속에 입력되어 있고, 그래서 밤이고 낮이고 눈만 뜨면 다람쥐 쳇바퀴 돌듯 지칠 때까지 오락가락한다. 치매 증세 중 배회의 특징에 해당하겠다.

그리고 요즘 들어서는 이식증까지 보인다. 개똥이 떡으로 보이고 은행이 맛있는 열매로 보인다. 물건이든 곡식이든 무조건 입에 넣는다. 할머니 눈에는 쓰레기도 좋은 물건으로 보인다. 할머니는 그런 것들을 무조건 집으로 끌고 와야 직성이 풀린다. 남의 밭에 늘어뜨려 놓은 물 호스건 비료 포대건 가리지 않는다.

내 딸이 결혼하여 출산을 앞두고 있었다. 우리 집 호박이 맛있는 종자라 하여 우리는 정성껏 길렀다. 호박이 익으면 산모에 좋다는 호박즙을 해서 딸에게 먹이려 한 것이다.

그런데 할머니가 애호박이든 중 호박이든 막무가내로 눈에 띄는 대로 따 가시며 당신 집에 있는 소에게 주겠다고 말했다. 마치 본인 농사인 양 호박 넝쿨을 헤집으며 눈에 보이는 대로 따가는데, 어안이 벙벙하였다. 결국, 남편과 나는 늙은 호박을 포기하였다. 할머니의 배회 길목에 심어진 죄로 올해는 아예 호박 구경을 하지 못했다.

수요일 저녁은 지도사 시 낭송 수업 마지막이자 필기시험과 실기시험을 보는 날이었다. 수업에 들어가면서 미리 핸드폰을 무음으로 해놓았다. 어느 날보다 수업에 집중하려고 정신 줄을 꽉 잡고 시험에 임하였다. 시험을 모두 마치고 핸드폰을 들여다보았다. 부재중 전화와 문자가 빨간 등을 켜고 켜켜이 쌓여있다. 발신인은 내가 돌보고 있는 치매 할머니의 며느리였다.

무슨 일인가 싶어 얼른 통화 버튼을 눌렀다. 전화 속 며느님의 소리에 울음이 섞여 나왔다. 할머니가 쓰러져 119로 실려 갔다고 하였다. 며느님은 얼른 빨리 집으로 와달라고 부탁했다. 나는 정신없이 차를 운전해 달려갔다. 할머님 집 마당에는 환하게 불이 켜져 있었다. 나처럼 소식을 듣고 찾아온 친척들이 거실에서 웅성거렸다. 며느님은 나를 보자 시어머님이 돌아가시는 줄 알았다며 통곡하셨다.

이유를 물어보니 밤 농사가 이미 끝났는데 요즘 할머니는 밤 줍기에 온통 정신이 팔려있었다고 한다. 날만 새면 마을 곳곳 밤나무를 찾아 돌아다니셨다고 한다. 그러다 회관 가는 길목, 배 씨 아줌마네 은행이 떨어지면서 이번에는 은행이 눈에 들어왔고 보이는 대로 주워서는 주머니나 옷 앞섶에다 넣어 오곤 하셨다. 그날도 마을 사람이 지나가면서 보니 땅에 떨어진 은행을 주워 먹더란다. 말려도 소용없었다고. 그리고 저녁을 드시고 나서, 당신께서 본인 집에 있으면서도 집 찾아간다고 나가시다 마당에서 정신을 잃고 쓰러졌다는 것이다. 놀란 아들 부부는 119구급차를 불렀고 할머니는 대전 병원으로 이송되었다.

놀란 며느님을 다독이고 있는데 할머님과 동행한 아드님한테 전화가 왔다. 할머니는 괜찮다며 병원비를 가지고 대전으로 오라고 하였다. 다행이라 생각하고 집으로 돌아왔다.

다음 날 아침 치매 할머니 며느님한테 전화가 왔다. 다시 급히 병원에 가야 한단다. 할머니가 턱이 빠져 아무것도 드시지 못한다고 했다. 급하게 옷을 입고 할머니를 태우고 정형외과에 갔다. 병원에선 할머니의 빠진 턱을 맞추었고 고정을 위해 턱과 머리에 붕대를 감아주었다.

다음날 또 전화가 왔다. 할머니가 병원에서 감아준 붕대도 풀어버리고 입을 크게 벌리다 다시 턱이 빠졌다는 것이다. 또다시 병원을 찾았다. 할머니는 턱을 다시 맞추느라 고통을 호소하였다.

몸이 허해서 그런 거 같아 비싼 영양제를 맞혔다. 주사약이 할머니 몸속 혈관을 타고 다 들어갈 때까지, 나는 며느님이랑 더불어 푹푹 속을 썩여가며 계속 할머니와 실랑이를 벌어야만 했다.

혈기 왕성했던 할머니의 신체활동이 한차례 폭풍이 지나간 후 확연히 줄었다. 할머니는 은행을 드시고 난 후 그 후유증으로 현재 식사도 제대로 못 하시고 죽을 드신다. 그리고 치매 증상은 더 악화하였다. 대소변의 신호를 느끼지 못하고 의자가 뭔지 머리 감는 것이 무엇인지 아예 기억 속에서 깨끗이 지워버렸다.

이렇듯 치매가 무섭다. 당사자는 아무것도 인지하지 못하므로 오히려 행복하다고 한다. 그러나 치매 환자의 위험천만한 상황을 매일 겪어내야 하는, 함께 사는 가족은 지옥이 따로 없다.

경제활동에 몰두하는 사람들은 정작 자신의 건강에는 별 관심을 두지 않기 마련이다. 나 또한 그들과 별반 다르지 않다. 하지만 치매 환자를 돌보면서 건강이 큰 재산임을 알게 되었다. 정신도 육체도 건강해야 미래 설계도 할 수 있다.

🐄 사라지는 축산 소농가

축협으로부터 축산 소농가를 없앤다는 소식을 접한 지 어느덧 3년이 훌쩍 지나갔다. 그동안 잠잠하여 한시름 놓고 있었는데, 그 사업을 2023년 내년 1월부터 시행한다는 단체 문자를 보내왔다. 허가를 내지 못한 축사는 송아지 출생신고를 받지 않는 건 물론이고 기표를 달아주지 않는다는 확인되지 않는 소문이 소농가들 사이에 들불처럼 번져나갔다.

소는 축협에서 실명제로 관리하고 있다. 기표를 통해 한우의 혈통 및 모든 정보를 한눈에 볼 수 있다. 기표를 달아주지 않는다는 건 사람으로 치면 주민등록번호 발급을 해주지 않겠다는 거였다. 기표가 없으면 한우를 애완용으로 기르는 거 아니면 아예 거래할 수가 없다. 축산의 목적은 주로 송아지를 내어 그 수입을 얻는 거에 있다. 끝까지 버텨봤자 소용없다는 거다. 희망의 불씨 하나 남기지 않고 잔불까지 물을 부어 소멸시키는 축산농가에는 청천벽력 같은 통보였다.

시골에서 하우스나 특용작물을 하지 않는 한은 농사만 지어 생활을 이어가기란 어렵다. 도시와 시골의 격차가 줄어든 만큼 생

189

활용품과 일상생활하는데 기본적으로 들어가는 비용 등 시골 씀 씀이도 도시 못지않다. 그러니 꾸준히 돈이 나오는 무언가가 필요한데 농사지으며 소를 기르는 것이 수입원으로는 안전한 투자라 할 수 있다.

소는 옛날이나 지금이나 시골에서는 여전히 큰 재산이다. 소를 다섯 마리만 길러도 일 년 치 나오는 수입으로 목돈을 만질 수 있다. 그런데 정부에서 어떤 조치도 없이 무조건 소를 포기하라니 농촌에 사는 농부에게는 죽으란 말이나 다를 바 없다.

정부에서는 집 마당 외양간에서 기르는 소나 제대로 시설을 갖추지 않은 소 축산농가는 이참에 전부 정리한다고 한다. 신규축사도 당분간은 내주지 않는다고 하였다. 정부가 나서지 않으면 기하급수적으로 늘어나는 한우의 수를 감당할 수 없다는 이유다. 이대로 방치했다가는 솟값이 돼짓값보다 더 하락할 수 있다는 염려에서다.

이 소식을 듣고 나는 한숨이 한 말이나 되었다. 기르는 소를 믿고 남편한테 농사를 줄이자 성화를 부렸기 때문이다. 그런데 조바심을 내는 나와 다르게 남편의 반응은 시큰둥이다. 과거에는 축사를 못 해 배앓이 했던 남편이었는데 이참에 축사를 정리할 모양이었다. 정부가 내건 정책에 반기들 마음 접고 일찍부터 주눅이 들어 버린 걸까.

남편은 첫배부터 세배까지 내내 쌍둥이만 출산하는 소를 이참에 정리할 거라 말한다. 그리고 한우리에 있는 비육 소를 따로 분리하였다. 남편은 아침, 저녁으로 두 끼만 주던 사료를 점심을 꼭꼭 챙기라고 당부하였다.

남편이 말한 비육을 시작한 소에게 점심을 주러 갔다. 사료를 푸기 위해 바가지를 들자 축사에 있는 여섯 마리 소의 검은 눈동자가 웬 횡재인가 싶어 윤슬처럼 반짝인다. 그리고 그 시선들이 일제히 나에게 꽂힌다. 이른 봄 갓 올라온 찔레 새순 같은, 약한 마음 가진 나는 비육하는 소에게만 사료를 줄 수가 없었다.

현재 수입 제한으로 세계는 곡물값이 오르고 있다. 하루를 멀다 하고 장대 들고 높이뛰기 하는 사룟값에 축산농가들은 현재 소의 수를 줄이고 있다. 그런데 사료 바가지만 들면 어릴 적 배곯아 본 기억이 떠오르고 주책없는 인심이 끼어들고 만다. 그러면서 우리 집 가계부가 사룟값으로 인해 터널이 생기거나 말거나 축사에 있는 모든 소에게 골고루 점심을 푸지게 퍼주고 만다. 그렇게 시작된 사료 바가지 인심을 베푼 지 두어 달이 되어갔다. 그리고 며칠 전 비육 소 나갈 날이 정해졌다고 남편이 통보해 왔다.

고기로 팔기 위해 비육을 시작했지만, 막상 축사에서 나갈 날짜가 정해지면 사람으로는 할 짓이 아니다. 동물이라는 이유로 인간한테 비육 당하고 죽을 날이 정해지고, 정말이지 소가 팔려나갈 때마다 철 수세미로 박박 문지른 듯 내 마음은 너덜거린다. 그것도 모르고 모든 걸 달관한 얼굴을 하고 지그시 눈을 감고 되새김질하는 소. 드럼통 같은 배를 안고 너무나 평온해 보였다.

새벽녘부터 부엌에서 달그락거리는 남편. 비육 소 실으러 트럭이 도착하기 전 서둘러 아침밥을 먹는다. 모른 척 아예 축사에 나가보지 않았다. 어둠 속에서 끌려가지 않으려는 소와 기필코 끌고 가려는 사람과의 실랑이를 차마 두 눈으로 볼 수 없었다.

한동안 조용하던 집안이 남편의 등장으로 적막이 깨졌다. 침대에 누워있는 나에게 남편은 소의 무게가 얼마라고 하는 거 같았다. 그러나 남편의 말을 귀담아듣지 않았다. 지금쯤 소는 아마도 이승의 문을 열고 나갔을 것이라는 온통 그 생각만이 머릿속을 가득 채우고 있었다.

그날 저녁이 되어서야 퇴근하고 집으로 돌아온 남편한테 소의 체중을 물어보았다. 남편은 신경질적으로 육백 킬로 겨우 넘는다고 대답했다. 그 속에는 나한테 제대로 소의 점심을 챙겼냐고 화를 내는 거였다. 다른 소에 비해 죽을 날을 받아 놓은 소가 불쌍해 동정을 얹어 두 바가지는 더 퍼주었다. 그러나 그 소는 살보다는 똥을 더 많이 만들어 낸 걸 내 탓으로 돌리냐며 맞받았다. 그 소는 통뼈인 내 체질을 닮았어야 했는데 이미 저승에 입적했음에도 사료만 축내고 가는 많은 아쉬움을 남겼다.

통장에 찍힌 솟값을 보고서야 솟값 하락을 실감했다. 몇 달 전 팔려나간 것보다 가격 차이가 확연히 났다. 이러니 정부에서 소농가를 없애려고 하는 것이 당연하리라.

일주일이 지나고 나면 다음으로 황소 쌍둥이가 경매장으로 나간다. 그러면 축사는 다른 소로 채워지는 것이 아닌 하나씩 둘씩 빈 곳이 된다. 한때 소 울음으로 번잡했던 곳이 형체만 남긴 채 뒤안길로 돌아설 채비를 서두른다. 과거 마을마다 하나씩은 꼭, 있었던 구멍가게처럼 시골의 정겨운 풍경인 외양간의 모습은 이제 박물관에 가서야 볼 수 있을 것이다. 쓸쓸함이 배어 있는 내 어깨를 바람이 토닥이며 지나간다.

🐚 가랏남자들, 전어 굽는 날

코로나 19의 경계가 느슨해지고 사람과의 거리 두기와 마스크 해제가 의무에서 단계 완화로 바뀌었다. 바위로 눌린 3년, 조심스럽던 호흡이 조금 자유로워졌다. 봄꽃 피듯 봇물 터진 상춘객들의 휘파람 소리, 대한민국이 오랜만에 활기가 넘친다. 어느새 작은 산골까지 합세한 가교 아낙들의 휘파람, 가슴에서 외도의 바다가 출렁이기 시작하였다.

가랏 부녀회 회비를 그동안 쌓아놓기만 하여 밑에 있는 돈이 숨을 쉴 수 없다는 근거 없는 아우성에 인내의 한계를 느낀 부녀회장님. 그동안 묵혀두었던 보따리를 창고정리도 할 겸 이참에 풀자는 의견을 내놓았다. 시부모님 눈치 보는 갓 시집온 새댁들도 아니면서 자유에 목말라 있는 부녀회원의 환호성이 가랏 하늘의 적막을 찢어놓았다. 농번기를 시작하기 전 가랏마을 아낙들은 이번 관광을 대놓고 충전의 핑곗거리로 삼았다.

전날 밤은 다음날 통신고 입학으로 밤잠을 설쳤다. 새로운 갈림길에서 시 낭송 대회 때보다 농도가 더 진해진 두려움이 밤새내 머리채를 끌고 다녔다. 다음날은 새벽에 일어나 치매 시어머님과 남편의 먹거리를 준비해놓고 홍성에 있는 학교를 다녀왔다.

그리고 내일은 가랏마을 부녀회 관광을 가는 날, 즐거운 마음보다 쉬고 싶은 마음이 자꾸만 망설임을 끌어다 놓았다. 그러나 마을 친구 말처럼 우리가 이번 기회 아니면 언제 적은 회비만으로 여행할 것이며, 그 마음 먹기는 또 얼마나 어려울 것인가. 멍석 깔아놓았을 때 한바탕 놀아주는 것이 부녀회 회원의 의무라는 다소 협박 섞인 문장으로 갈대 같은 내 마음에 지지대를 받쳐주었다.

아침 6시 반, 모이는 곳은 회관 마당. 늦지 않게 관광 차를 타려면 최소 다섯 시에는 일어나야 했고, 며느리 자리, 아내 자리 등 부재의 구멍을 틀어막아야 했다. 거기에 환자라는 꼬리표까지 얹어진 나는 빈속으로 차를 탈 수 없었다. 미역국에 밥 한술 말아서는 씹는 것은 생략하고 물 마시듯 아침 끼니를 때웠다.

산촌에 아직 어둠이 머무는 시간, 부리나케 회관으로 달려갔다. 어느 틈에 한껏 멋을 내고 모인 부녀회원들, 그 외출을 응원하러 나온 교회 목사님과 노인회장님 등등 마을 일을 보는 임원들이 나와계셨다. 그리고 가랏 여인들의 하루 외출을 보필할 이장님과 동 계장님, 청년회 회장님은 관광차 맨 끝 좌석에 승차하셨다. 드디어 관광차가 까치발을 하고서 움직였다. 어둠을 가르며 조심조심 가교리 마을을 빠져나갔다.

가랏 여인들의 이번 여행지는 거제도다. 거제도에 도착해 점심을 먹고 배를 타고 해금강과 외도까지가 돌아보는 거로 관광 일정을 잡았다. 외도는 가랏 부녀회원들이 25년 전 한 번 다녀온 곳이기도 하다.

거제시의 외도로 가는 초입. 식당엔 예약 시간보다 더 일찍 도착하였다. 그래서 일정에 없던 샛바람 소리길을 걷게 되었다. 일행의 앞선 걸음을 따라 좁은 골목을 지나 가파른 대나무숲을 따라 올라갈 때는 숨이 목까지 차올랐다. 평소에 운동 안 한 티가 팍팍 났다. 숙제처럼 꾸준히 걷기운동을 해야겠다고 마음먹었다. 나이는 숫자에 불과한 것이 아닌, 무릎 관절에서 나타난다는 사실을 알았다.

산책로를 달팽이 걸음으로 걷다 보니 전화통에서 불이 났다. 서둘러 식당으로 갔다. 우리 일행은 싱싱한 생선회 앞에서 군침을 삼켰다. 부녀회원들은 새벽부터 오는 내내 비워 두었던 위장을 바쁜 손놀림으로 채워갔다. 생것에 대한 알레르기가 있는 나도 회 한 점을 먹어보았다. 입안에 살살 녹는 것이 솜사탕 녹는 속도보다 빨랐다. 회를 먹지 않겠다고 했지만, 과거 먹성이 먼저 회의 맛을 기억해냈다. 생선회의 유혹을 차마 뿌리치지 못하고, 얼른 알레르기 약을 꺼내 입안에 털어 넣었다. 알레르기의 두려움은 젓가락이 회접시와 입으로 왕복할수록 꼬리를 감추어갔다.

승선을 알리는 뱃고동 소리가 울렸고, 우리는 썬스타호에 올랐다. 배 안에서 선장의 안전 안내방송이 흘러나왔다. 곧이어 선원 중 한 분이 명찰 하나씩을 나누어 주었다. 외도로 가는 배편이 많아 헷갈리지 말라는 배려로써, 선원이 잘 볼 수 있게 가슴에 달라고 하였다. 선원은 배를 잘못 타면 다른 지역으로 갈 수 있다는 경고를 덧붙였다. 가랏마을에서 패션의 아이콘인 E 언니는 선원이 말하는 정확한 위치에 명찰을 달았다. 웃음이 났지만 나도 달았다. 패션은 포기해도 미아는 되고 싶지 않았다.

유람선의 코스가 과거와 달라졌다. 바로 외도로 직진하였던 배가 해금강을 들러서 먼저 돌아보고 간다는 안내방송이 나왔다. 하늘이 무겁게 느껴졌다. 산마다 안개를 애완하고 있었다. 일요일 날씨가 곳곳에 많은 눈이 내리거나 비가 온다는 일기예보가 있었다. 우리 눈 앞에 펼쳐진 하늘이 위태위태하였다. 검지만 뻗어도 커다란 물주머니가 터질 듯하다. 파도의 결은 날카로웠고 좌우로 뒤뚱거리는 배는 마치 놀이기구를 타는 듯하였다. 사람들의 눈동자에는 불안의 핏발이 섰다. 갑판으로 나갔던 사람들은 포효하는 파도와 사투를 벌인 모양새로, 하나같이 흠뻑 젖어 배 안으로 들어왔다.

선장이 다시 마이크를 들더니, 쓸데없이 객쩍은 소리를 늘어놓는 거였다. 옛날이야기부터 늘어놓다가 손뼉을 치라는 둥 하며, 승객을 당황하게 했다. 선장은 평생 몸담은 이곳 바다의 줄거리를 익히 알았고, 그래서 승객의 두려움을 능히 읽어낸 것이었다. 그런 선장의 마음을 알아채고 사람들은 평온을 찾았다. 우리는 지금의 두려움을 해금강의 설명을 들으며 잊으려 애썼다. 귀는 선장의 설명에 집중하고 눈은 파도의 작품에 해금강을 보며 감탄하고, 그러면서 배는 관광객을 태우고 다시 외도를 향해 달려갔다. 바다의 고랑은 물이 질펀한 고추 두둑 같았다. 그렇게 자꾸만 높아져 갔다.

가랏 부녀회원들은 무사히 외도에 도착하였고, 도착하자마자 단체 사진부터 찍었다. 그리고 각자 관광을 시작했다. 과거에는 자잘한 꽃이 많았다면 이번에는 아주 생소한 하얀 바탕에 빨강 줄무늬 동백꽃, 그리고 동물 모양으로 전지한 나무들이 주를 이루었다. 과거에도 그랬지만 정상까지는 가지 않았다.

비가 잡혔던 일요일, 일기예보를 맞추듯 무겁던 하늘에 틈이 생기더니 이내 굵은 빗방울을 쏟아냈다. 사람들의 발걸음에 가속도가 붙어 부둣가로 몰려들고 있었다. 하지만 우리 몇은 비를 맞으면서도 거북이걸음이었다. 아니 달팽이 속도였다. 옆에 있던 동갑 친구 미경이 남편은 꽃 빛깔이 특이하고 예쁘다며 바닥에서 뒹구는 동백꽃을 주워 자기 아내에게 건넸다. 미경이는 꽃을 받자마자 귀에 꽂으며 말하였다. 혹시, 뭐로 보지 않을까 하는 염려였다. 나는 얼굴에서 웃음을 지우라고 해줬다. 그래서 존재를 들키지 말라고.

우리를 태우러 올 배를 기다렸다. 부두의 시설물에 앉은 채 한 시간 반을 기다렸다. 그사이 비는 장대비로 바뀌었고 거센 바람에 갈매기도 쓸려갔다. 아까처럼, 사람들의 눈빛이 두려움으로 흔들렸다. 그러나 오랫동안 바다를 일군 선장의 책임감은 온몸에 소금꽃을 피워내듯 했다. 외도에 풀어놓았던 승객들을 잘 거둬 다시 육지로 옮겨놓았다. 집 나오면 고생이라더니 가랏 부녀회원들은 물에 빠진 생쥐 꼴이었다.

그것도 잠깐, 풀죽은 듯하던 기운이 관광차에 오르자마자 되살아났다. 관광차 안은 아줌마들의 나이트가 되었다. 고막을 찢어놓는 음악 소리에 맞춰서, 아줌마들은 온몸을 흔들며 참새처럼 뛰기 시작했다. 술이라면 입에 대지도 못하는 미경이가 갑자기 술병을 옆구리에 차고 안주를 들더니 몸을 흔들면서 주류인 사람들과 밀당하였다. 그 밀당에 누구도 감히 반기를 들지 못하였다. 미경이가 개업한 술집은 완전 대박집이었다. 술과 안주를 들고 혼자 애쓰는 미경이를 도와서 나도 안주를 들고 나섰다. 술장사는 아주 잘 되었고 재밌었다.

우리 둘을 제외한 부녀회원 얼굴들이 외도의 동백꽃이 되었다. 저마다 꽃망울을 붉게 매달고 있었다.

여행은 가슴에 많은 줄거리를 써내려가는 일이다. 가랏 여인들한테는 이번 여행이 농번기의 고단함을 잊게 해줄 영양제가 되었으리라 믿는다. 같은 산을 병풍으로 두르고 무리 지어 산다는 것, 너무 멋진 일이다.

반대로 여자들이 빠져나간 가랏마을, 남자들은 여자들이 어서 오기를 바라는 간절한 마음으로 대문을 열어놓고 전어를 구웠을 것이다. 빨강 관광차야, 어서어서 가랏마을 여자들을 태우고 오렴, 하고 하루 내내 목을 빼며 기다렸을 것이다. 외도의 파도처럼 피곤함이 밀려온다. 토도독 두드리던 노트북을 덮는다.

🌿 토란잎과 모란잎의 차이

남편은 단단히 흙물이 들었다. 탯줄에서부터 들었다. 그래서 당연히 가랏마을에서는 엄지손가락을 번쩍 들어 올릴 만큼의 농사 고수다. 농사철에는 밤하늘 별들이 밤새 펼쳐놓았던 이야기를 여미기도 전에 일어난다. 손전등을 들고 들로 나가는 것이다. 불같은 성미 덕분에 남편은 자기 뼈가 군살 붙일 틈을 주지 않는다. 이른바 부지런한 가교리 텃새다.

이토록 부지런한데 많은 논과 밭을 물려받았더라면 얼마나 좋았을까. 가난을 물려받았기에, 아무리 부지런하게 농사지어도 큰 수확을 얻지 못하니 안타깝다. 하지만 남편은 밭과 논에 빈틈을 남기지 않고 빽빽이 씨앗을 심어 놓는다.

논둑에는 서리태와 흰콩, 들깨도 심고, 오백 평 남짓한 밭에는 고추와 토란을 심었다. 그리고 밭둑으로 팥과 호박, 오이, 참외 등등, 도대체 작물이 숨 쉴 공간을 주지도 않고 심어댄다. 심어진 밭과 논을 보면 마치 콩나물시루 같다.

남편은 몇 년 전 토란에 꽂혔었는데, 친구 집에서 어렵게 얻었다며 밭에 토란을 심었다. 여름이 되자 뿌리만 있는 줄 알았던 토란이 쑥쑥 자라 올라서 참으로 진풍경이 되었다. 햇볕에다 수많은 우산을 펼쳐놓은 듯하였다.

한여름 고추밭에서 고추를 따다가도 토란잎은 임시 양산으로, 후끈 더워지면 잽싸게 토란잎 밑으로 들어간다. 그러면 언제 더웠냐는 듯 시원하였다. 비 오는 날에도 토란잎은 임시 우산이다. 토란잎 밑으로 들어가면 아쉬운 대로 비를 피할 수가 있기 때문이다. 토란잎에 떨어지는 빗소리를 들으며 고당리 산을 바라본다는 것. 말로 표현하기 어려울 만큼의 낭만 만점의 풍경이다. 낭만이 개울을 건너 내 앙가슴을 열고 들어오는 광경. 떠올리기만 해도 쌓였던 피로가 도망간다.

알밤의 수확을 끝낸 남편의 시선이 밭으로 향하였다. 서리가 내려 얼기 전에 토란을 캐내야 한다며 어찌나 서두르는지, 옆 사람 정신을 홀랑 빼놓는다. 남편은 앞서가며 토란대를 베고, 조심스레 호미질한다. 흙을 들춰 토란을 캐낸다. 어떤 건 어른 주먹만큼 알이 실하였고 어떤 건 엄지손가락만 하였지만 그런대로 토실토실했다.

남편은 토란에 묻은 흙을 털어내면서 토란이 얼마나 맛있는지를 침을 튀겨가며 말하였다. 토란을 들기름에 볶다가 뜨물을 부어 끓이면 소고깃국보다도 더 맛나다고 하였다. 그리고 겨울철 간식거리가 필요할 때 토란을 찜솥에서 넣고 쪄내면 고구마에 비할 바가 아니라고까지 하였다.

나는 남편과 다르게 토란보다 토란잎과 줄기를 더 좋아하였다. 토란 줄기와 잎을 가을볕에 말렸다가 육개장을 끓일 때 넣거나 그도 아니면 보름날 들기름 두르고 묵나물로 해 먹으면 말캉하고 부드러운 식감이 밥 두 그릇 뚝딱 해치우게 하였다. 토란은 잎도 줄기도 버릴 것 없는, 농촌에서는 좋은 식재료다.

고랑에 있는 토란을 사각 상자에 담고 있었다. 그때 집안 형님께서 오셨다. 형님께서는 토란을 보시더니

"모란보다 토란이 더 맛있는데 토란을 심지 왜 모란을 이렇게 많이 심었어요" 한다. 남편은 지금 수확한 것은 모란이 아니라 토란이라고 재차 말해주었다. 형님께서는 대와 잎이 진한 보라색을 띠는 것은 모란이고, 대와 잎이 초록색이면 토란이라고 말씀하셨다. 밭에 놓여 진 잘라놓은 대와 토란잎을 펼쳐보았다. 형님 말씀처럼 확연히 진한 보랏빛을 띠고 있는 것이 아닌가. 그리고 토란에 비해 모란은 아린 맛이 더 강하다고 하셨다.

토란과 모란을 몰라보는 남편은 농사의 고수가 맞는가…. 그래 놓고선 모란을 캐는 내내 토란의 맛에 대해 열변을 토했던 남편. 여전히 미심쩍은 듯 모란을 이리저리 살펴보았지만, 내가 보기에는 아래로 보면 토란이 맞고 이파리로 보면 모란이 맞았다.

남편은 마을 사람들한테 나눠 줄 때는 모란이라고 말하였다. 그리고 겨우내 우리 집은 모란을 토란으로 알고 국을 끓이고 삶아 먹었다. 초보 농부의 눈에는 토란이 모란이고 모란이 토란이

고 분간할 수가 없다. 그 둘은 일란성 쌍둥이처럼 많이도 닮아
있다.

　*토란과 모란의 차이는 줄기와 잎에서 구별할 수가 있다. 토란은 줄기
와 잎이 온통 녹색을 띠고 있고, 모란은 줄기가 진한 보라색을 띠고 있다.
그리고 맛에서도 모란은 아린 맛이 강하다고 한다. 네이버 검색 결과 모란
은 토종토란이라는 분도 계신다. 토란 모양에서는 모란과의 차이를 찾아내
기란 어렵다. 이곳 충청도 공주에서는 모란과 토란의 구별을 대와 잎의 색
깔로 구분 짓는다고 한다.

🐦 안족(雁足)

　여기저기 벚꽃이 흐드러진 날. 공주 역사박물관에서는 조선통신사 기념을 위한 행사를 벌였는데, 시 낭송과 가야금 연주회를 1부와 2부로 나누어 열었다. 나는 1부 무대에서 권상진 님의 시 「접는다는 것」을 독송하였다. 낭송을 마치고 무대에서 내려오자 몇몇 관객들이 엄지 척, 또는 가슴이 뭉클했다는 등등의 말을 했다. 내 낭송이 사람들에게 위안이 된다는 것, 보람 있는 일이다.

　1부가 끝나자 2부로 가야금 연주를 할 순서가 되었고, 연주가 시작되기에 앞서 가야금 지휘관이 무대 앞에 나섰다. 단체복을 벚꽃 개화 시기에 맞추느라 벚꽃색으로 입었는데, 그런데 올해는 벚꽃이 다른 해보다 일찍 피어 반은 져버린 상황이고, 그래서 당혹스럽지만, 오늘의 연주를 위해 열심히 준비한 노고를 가상히 여겨서라도 끝까지 감상해 달라고 부탁해왔다.

　꽃샘추위로 밤공기가 무척 서늘하였다. 명주실로 엮은 가야금 줄이라, 이렇게 추운 날엔 조율하기가 힘들다고 하였다. 가야금 줄은 기후변화를 민감하게 받는다고 한다. 연주자들은 기러기 발을 앞뒤로 옮겨가며 수시로 줄을 점검하느라 손놀림이 부산하였다. 불현듯 가장 가깝던 친구가 떠올랐다. 우리 관계도 하마터면 조율이 부실한 가야금 줄처럼 끊어질 뻔했는데, 그 일이 머릿속에서 펼쳐졌다.

우리는 가끔 가까운 사이라는 이유로 예절의 선을 넘기도 한다. 그런 실례는 오랜 친구 관계에서 더 두드러지게 나타나는 거 같다. 내가 가랏마을로 귀농하면서 처음 알게 된 친구. 그녀랑 나는 같은 또래였고, 정서도 비슷하였다. 그래서인지 우리는 급격히 친해졌고, 이십여 년을 한마을에 살면서 견고한 우정을 쌓아가고 있었다.

그런데 언제부터였던가? 여러 사람 앞에서 나를 대하는 친구의 말투가 불편하게 느껴졌다. 무시당하는 느낌이랄까. 사람이 모이는 장소에 함께 있다가 집으로 돌아오는 길은 즐거운 뒷면에 불쾌감으로 얼룩지곤 하였다.

현장 일을 하는 나는 그날따라 기계의 잦은 오작동으로 피로에 찌들어 있었는데 친구한테 문자 한 통이 왔다. 연말을 맞아 지인 몇과 단란주점엘 왔다며. 퇴근하고 그리로 오라는 내용이었다.

예정에 없던 번개팅. 나는 당연히 갈아입을 옷을 준비하지 못하였고, 친구는 사뭇 성화를 부렸다. 할 수 없었다. 기름때 묻은 옷을 그대로 입은 채 약속 장소로 갈 수밖에 없었다. 반면 그들은 나와는 상반된 차림이었다. 곱게 잘 차려입고 있었다. 그래서였는지 그 자리가 불편하였고 나도 모르게 주눅이 들었다. 그리고 운

전해야 해서 술은 먹지 않고 안주만 먹었다. 홀 안 무대에서는 낯선 사람들이 노래를 부르거나 춤을 추고 있었다.

그녀가 나도 나가서 노래를 한 곡 부르라고 하였다. 나는 이런 옷차림으로는 사람 앞에 나갈 수 없다고 말하였다. 몇 번을 권하는 상황에 내가 거절하자 내 발을 툭툭 차면서 의자에 앉은 나를 밖으로 밀었다. 친구의 마음은 그런 것이 아니었겠지만 친구의 그런 행동이 신경을 건드렸다. 마치 친구가 지인들 앞에서 나를 놀림감으로 삼고 함부로 대하는 것처럼 느껴졌다. 나는 그렇게 오해하게 되었고 오해는 확신으로 바뀌었다.

"너는 내가 그렇게 우습게 보이니?"

발끈 화를 내며 모난 말을 던지고 말았다. 그렇게 연말을 즐기자고 만난 자리가 불편한 자리로 변하고 말았다.

며칠 지나고 우리 집에서 새댁회를 하였다. 사곡이나 마곡사로 나가서 했던 모임을 다 함께 편하게 술을 마시자는 취지에서 집에서 음식을 차려내었다. 그런데 전적의 앙금 때문인지 새댁회 회원들 앞에서 친구의 의미 없이 한 말이 불씨가 되어 불꽃이 일고 말았다. 이십여 년 동안 이어온 우리 관계가 기러기발을 잘 못 옮겨놓는 바람에 가야금의 줄처럼 끊어지는 상황이 되고 말았다.

하루가 멀다, 하고 문자 보내기, 사소한 일로도 통화하기를 즐겼던 그녀와 나는 어떤 음도 내지 못하고 있었다. 그렇게 한 달이라는 시간을 흘려보냈다. 이미 읽은 너의 줄거리를 다시 들추는 일보다 그때의 분쟁에서 나를 접었어야 옳았다. 슬기롭지 못한 행동들이 수십 년 친구 관계를 그르쳐버렸다.

나는 끊어진 우리 관계를 다시 이르려 마음먹었다. 그러나 어긋난 관계 회복은 쉽지 않았다. 그렇게 시작된 관계 개선을 위해 하루가 멀게 친구 집을 찾아갔다. 오랜 기간 써 내려온 우리의 이야기를 그냥 이렇게 헌신짝처럼 내팽개칠 수는 없기 때문이었다. 나는 서두르지 않기로 했고, 지치지도 않기로 했다.

마음이 동했던 걸까. 어느 날부터 친구가 다시 마음을 열기 시작했다. 그리고 사선으로 접었던 책장을 다시 펼쳐 우리의 우정을 써내려가고 있다.

한 곡의 연주가 끝나자 기러기발을 앞뒤로 움직이는 연주자들. 다음 곡을 위해 가야금의 줄을 튕겨본다. 줄마다 몇 번을 튕겨 본 그들은 이윽고 관객을 바라보며 미소 짓는다. 조율이 잘된 모양이었다. 그 미소가 음악감독에게 보내는 사인이었던 걸까. 곧바로 다음 곡의 배경음악이 깔린다. 다섯 명 연주자의 손가락이 사뿐하게 가야금 줄에 올라선다. 곧이어 아름다운 선율이 춤추기 시작한다. 아름다운 가야금 선율이 긴 여운을 끌고 도심 속으로 스며들어 간다.

🦋 날개 달린 사람들

방 창문에 어둠이 걷히기도 전, 마당에서 벌어지는 수컷 고양이의 영역싸움이 요란하다. 마당에 살림살이가 넘어지는 소리, 바람의 결을 가르며 추격전을 벌이는 소리, 두 고양이의 살벌한 굉음 등. 먹이를 찾아 배회하던 길고양이의 등짝에 붙은 뱃가죽을 보고 베푼 인심이 싸움을 부추기는 결과를 초래하였다.

동물의 세계를 인간의 생각으로 판독하려 했던 건 실수였다. 사냥의 본능과 영역싸움만으로 뭉쳐진 DNA는 그들의 숙명이었던 것. 나는 마당에 있는 길고양이 밥그릇을 치우기로 하였다. 우리 집을 전쟁터로 삼는 길고양이들의 처참한 모습을 더는 두고 볼 일이 아니었다. 베풂을 베풂으로 받아들이지 않고 허구한 날 벌이는 싸움 때문에 그들은 정작 누릴 수 있는 혜택을 스스로 땅에 패대기쳐 버린 것이다.

우리 가운데 뜸 주민들은 장마만 지면 낮은 하천이 범람하여 불안에 떨어야 했다. 결혼 후 살면서 종종 경험했다. 가랏교가 잠기고 집 마당까지 물이 들어와 칠성산으로 대피해야 했다. 장마 대비 차원의 하천공사가 이루어졌는데, 원래 있던 낮고 폭이 좁은 가랏교를 헐어버린 대신 폭이 넓고 웅장한 구름다리를 새로 놓았다. 사람들은 이젠 차와 농기계가 맘대로 다닐 수 있겠다고 좋아하였다.

그런데 하천공사로 일어난 주변 보상 문제가 발생하면서 마을에는 회오리바람이 불었다. 선대부터 아무 문제 없이 살았던 땅을 측량하면서 어떤 사람은 땅을 찾기도 하고 어떤 사람은 집터가 반으로 줄어드는 상황이 벌어졌다. 그러면서 찾은 땅에 울타리가 쳐지고 잘 지내던 이웃 간에 고성이 오갔다. 오랜 세월 함께 나눈 정이 이웃사촌을 단번에 원수지간으로 둔갑시켰다. 그런 일들은 나와는 상관없는 일이었다. 아직 가운데 뜸에서는 그런 일이 일어나지 않았으므로.

날카로운 소리가 집안까지 밀고 들어왔다. 아랫집아줌마와 뒷집아줌마가 큰소리를 내며 싸우고 계셨다. 그 주변으로는 막대기를 들고 있는 사람, 노트북을 펴고 무언가 열심히 기록하는 사람이 있었다. 사람들 말로는 측량하는 사람들이라고 하였다.

측량하는 사람들이 다녀가고 보니 앞집 주변에 땅 경계를 표시하는 빨간색 말뚝이 박혀있었다. 마을 길에는 파란 페인트로 표시한 동그라미가 생겨났다. 앞집아줌마는 친구가 집터를 재서 땅을 찾았다는 이야기를 듣고, 본인 땅을 잰 것이 도리어 땅을 빼앗긴 경우가 되었다. 그렇게 불어온 폭풍은 잔잔해지는 듯하였다.

그러나 앞집에 낯선 화물차가 주차하면서 다시 마을 길은 시끄러워졌다. 원래 있던 담을 헐고 앞집에서 측량한 대로 철제 울타리를 친 것이다. 그 결과 가랏다리로 가는 마을 큰길이 좁아졌다. 자가용과 경운기만 위태위태하게 빠져날 수 있었다.

두 분의 땅 경계 싸움으로 가장 피해를 본 것은 뒷집인 우리 집이다. 철제 울타리에 걸려 커브에서 차를 돌릴 수가 없다. 나는 아줌마를 찾아가 통사정하였다. 앞집아줌마 아들도 차를 운전하고 다니는데 어떻게 남의 땅을 밟지 않고 다닐 수 있냐고 하며 조금만 울타리를 안으로 넣어달라고 말씀드렸다. 그런데 아줌마의 마음은 도무지 깰 수 없는 북극 얼음이었다.

우당탕 요란한 소리와 함께 차 지나가는 소리가 들렸다. 밖에 나와보니 누군가 우리 집 앞을 지나, 가랏교로 가려고 커브를 꺾다 철제 울타리 기둥을 두 동강 내고 갔다. 아마도 이 길을 잘 모르는 사람일 것이다. 그 후로도 앞집 철제 울타리는 시시때때로 지나가는 차로 들이박히고 있다. 철제 울타리는 친지 며칠도 안 돼서 마치 정형외과 환자처럼 곳곳이 부러졌고, 그 상처가 점점 더 늘어가고 있었다.

마을의 홍수를 대비하고 농기계 등이 잘 다니라며, 미래를 보고 시공한 구름다리 가랏교는 우리에겐 소용이 없다. 우리 가운데뜸 사람들한테는 그냥 바라보는 작품일 뿐이다. 좁아진 길로는 큰 차가 다닐 수가 없다. 얼마 전 정화조차가 다리까지 왔다가 마을로 들어올 수 없어 되돌아갔다.

마을 길은 일방적인 것이 아닌 양쪽에서 땅을 내어 길을 내어 주는 일이다. 그런데 한 사람의 이기심이 경계를 긋고 몇억을 들여서 놓은 다리를 무용지물로 만들어 버렸다. 그들에겐 절대로 남의 땅을 밟지 않고 다닐 수 있는 날개가 있는 것이 분명했다.

상처투성이에 토막 난 철제 울타리 앞을 지날 때마다 내 마음은 자꾸만 먹구름을 끌어다 놓는다. 농촌의 인심은 옛말이 되고 사람들은 점점 고양이 눈빛을 닮아가고 있다.

토란잎

펴낸날 2023년 8월 7일

지은이 서문순
펴낸이 주계수 | **편집책임** 이슬기 | **꾸민이** 김태안

펴낸곳 밥북 | **출판등록** 제 2014-000085 호
주소 서울시 마포구 양화로7길 47 상훈빌딩 2층
전화 02-6925-0370 | **팩스** 02-6925-0380
홈페이지 www.bobbook.co.kr | **이메일** bobbook@hanmail.net

© 서문순, 2023.
ISBN 979-11-5858-946-2 (03810)

※ 이 책은 저작권법에 따라 보호받는 저작물이므로 무단전재와 복제를 금합니다.
※ 본 도서는 충청남도, 충남문화재단의 후원으로 발간되었습니다.